KB121441

짐승 같은 뉴비 3

2022년 3월 8일 초판 1쇄 인쇄
2022년 3월 14일 초판 1쇄 발행

지은이 예정후
발행인 김정수 강준규

기획 이기헌 왕소현 박경무 강민구
책임편집 천기덕
마케팅지원 배진경 임혜솔 송지유 이영선

발행처 (주)로크미디어
출판등록 2003년 3월 24일
주소 서울시 마포구 성암로 330 DMC첨단산업센터 318호
Tel (02)3273-5135 **편집** 070-7863-0307 **Fax** (02)3273-5134
홈페이지 rokmedia.com **E-mail** rokmedia@empas.com

ⓒ 예정후, 2022

값 8,000원

ISBN 979-11-354-7461-3 (3권)
ISBN 979-11-354-7458-3 04810 (세트)

ROK
MEDIA
로크미디어

짐승 같은 뉴비

배정후 퓨전 판타지 장편소설 3

Contents

꼬리를 잡은 뉴비 (2)   7

쉬지 않는 뉴비   49

계획이 있는 뉴비   143

재회하는 뉴비   215

격랑 속의 뉴비   257

혼나는 뉴비 (1)   299

꼬리를 잡은 뉴비 (2)

시스템 메시지는 나에게 위험을 경고하고 있었다.

[알림 : 특성 '야성'이 직관을 발휘하고 있습니다. '알 수 없는 위험'에 주의하십시오.]

창덕궁의 좀비 게이트가 초기화되었던 그때처럼 말이다.

'그때만큼 위험하다는 뜻이겠지.'

하지만 그 경고가 당장 뒤로 돌아서 도망치라는 말은 아니다.

오히려 똑바로 정신을 차리고 제대로 대처하라는 뜻에 가까웠다.

경험을 통해 메시지의 의미를 잘 알고 있는 나로서는 주저할 이유가 전혀 없었다.

그래서 놈을 끈질기게 쫓아갔다.

후다다닥!

적당한 키를 가진 남자는 제법 발이 빨랐고, 곧바로 내 추격을 알아차린 듯했다.

'감지력이 꽤 좋은데?'

놈은 신속 계열의 이동 스킬을 사용하는지 끊임없이 속도를 올려 대며 숲을 달려갔다.

그러다가 작지 않은 호수와 맞부딪친 순간.

풍덩!

"……!"

망설이지도 않고 몸을 던져 수중으로 모습을 감추어 버리기까지 했다.

수면 아래로 잠영을 이용해서 이동하며 자신의 동선을 감추겠다는 의도였다.

제법 머리를 굴린 셈이다.

'어쩌면 수중에서 오래 버티거나 전투력을 강화해 주는 특성의 소유자일지도 모르겠네.'

하지만 말려들 필요는 없었다.

나는 수풀 뒤에 모습을 감춘 채 잠시 숨을 가다듬었다.

"……."

그리고 놈이 뛰어든 호수의 표면을 가만히 노려보았다.

쉼 없이 일렁거리는 수면에 연노란 햇빛이 부딪치고 부서지며 불규칙적인 산란을 빚어내는 광경.

그것은 수면 아래의 상황을 짐작할 수 없게 만드는 천연의 가림막이었다.

하지만.

[알림 : 총 2개의 추적 트랩에 의한 감지력이 작동하고 있습니다.]

[안내 : 상대의 움직임을 50cm 오차 범위 안에서 추적할 수 있습니다.]

적어도 나에게는 선명하게 보였다.

수면 아래를 향해서 굵은 선이 하나 그어져 있었다.

마치 호수 안을 헤엄치는 물고기의 경로를 표시하는 것처럼 말이다.

이것이 나와 신우가 미리 설치해 둔 추적 트랩의 효과였다.

여기까지 달려오는 동안 두 개의 추적 트랩을 건드린 상대의 움직임은 멀리서도 선명하게 보였다.

단, 이런 효과가 계속되는 것은 아니었다.

[정보 : 추적 트랩의 남은 작동 시간은 1분 33초입니다.]

약 1분 30초.

그 안에 승부를 봐야 한다.

나는 곧바로 권능을 전개했다.

[권능 : '폭격조 송골매의 날개'.]

콰드득!

그건 내 등 뒤에서 새로운 몸의 일부가 돋아나는 소리였
다.

한 쌍의 날개.

청회색의 거대한 날개가 좌우로 벌어지기 시작하자, 깃털
과 나뭇잎과 스치는 소리가 요란했다.

시스템은 즉시 새로운 종류의 경고 메시지를 토해 냈다.

[정보 : 육체를 변이하는 종류의 권능은 상대적으로 많은 에너지
를 소모합니다.]

[안내 : 특별한 효과 '천상의 날개옷'이 적용되어 있습니다. 비행
에 소모되는 에너지가 상당히 절약됩니다.]

그래도 오래 사용할 수는 없었다.

'길어야 30초 정도.'

그전에 비행을 끝내야 한다.

다행스럽게도 나는 이 권능을 가장 효율적으로 사용하는 방법을 알고 있는 전문가 중의 전문가였다.

펄럭!

날개를 한차례 세게 휘두르니 몸이 허공으로 떠올랐다.

동시에 호수 한가운데로 이어지던 추적 트랩의 지시선이 슬쩍 꺾이기 시작했다.

상대가 직선이 아닌 우회전을 선택하고 은밀하게 헤엄치고 있다는 뜻이다.

그렇다면…….

"해청, 최대한 길고 날카로운 형태로."

-응! 주인!

검의 형태를 바꾼 나는 부지런히 날개를 휘저어 호수의 상공에 도달했다.

너무 높은 곳까지 갈 필요는 없었다.

'이제 곧 내려갈 테니까.'

마치 미니 맵을 내려다보는 것처럼 광범위한 시야 안으로 호수의 전경이 한 눈에 들어온 그 순간.

[알림 : '폭격조 송골매의 날개'가 종료됩니다.]

나는 권능을 끄고 아래로 떨어지기 시작했다.

물론 맥없는 추락은 아니었다.

'바람의 회색 망토.'

이 망토 자락을 넓게 펼쳐서 공기의 흐름을 만들며 정확하게 하강하는 것이었다.

마치 폭격기가 된 것처럼.

슈우우우우우ー!

당연히 내가 노리는 목표는 수면 아래에 잠겨 있는 신원 미상의 인물이었다.

마력으로 바람의 일부를 다룰 수 있게 해 주는 망토는 송 골매의 날개를 접어 둔 상황에서도 내 진행 방향을 결정할 수 있도록 도와주었다.

'사실 날개가 있으면 조금 더 정확하게 내리꽂을 수 있겠 지만⋯⋯.'

곧 다른 권능을 최대한으로 전개해야 했기 때문에 꺼 둘 수밖에 없었다.

[권능 : '늙은 바다거북의 등껍질'.]

수면이 가까워지며 나는 충격에 대비했다.

바람에 따라 찰랑거리는 물은 일견 부드러워 보이지만 사 실 저 표면은 상상 이상으로 단단하다.

이 호수만의 특징이 아니라 원래 물이 가진 밀도 때문이었 다.

지금 나는 어마어마한 속도로 급강하고 있으니 그 충격량은 상상을 초월하는 수준일 터.

까딱 잘못하면 죽거나 크게 다칠 수도 있었다.

하지만 나는 오히려 이 속력을 공격에 이용할 생각이었다.

바다거북의 권능을 전개한 것은 바로 그 때문이었다.

'단숨에 수면을 찢고 들어가서 이 대미지를 고스란히 박아 넣는다.'

……상대도 날 보고 있는지는 모르겠다.

하지만 분명한 것은 놈이 무엇을 상상하든 그 이상으로 위력적인 공격이 될 것이라는 점이었다.

쾅!

나는 수면 위로 치솟는 물기둥과 함께 내리꽂혔다.

그와 함께 가장 깊숙한 곳까지 칼날을 내질렀다.

그러자 손안으로 전해지는 진득한 감촉.

동시에 물속으로 퍼져 나오는 붉은 혈흔.

'됐어!'

어딘지는 모르겠지만 목표를 찔렀다는 확실한 증거였다.

그런데 그때, 해청이 크게 소리쳤다.

-주, 주인! 이 사람! 그때 그 사람이야!

……응? 그때 그 사람?

'무슨 말이야? 누군데?'

-아! 왜 있잖아! 일전에 주인에게 팬티 색깔을 들킨 사람! 그

남자라고!

'뭐? 팬티? 오팬무? 어……?'

물속에 잠긴 채 녀석의 말에 잠시 멍해졌던 나는 황급히 팔다리를 움직이기 시작했다.

그러자 가늘게 경련을 일으키는 몸뚱이가 손끝에 걸렸다.

옷깃을 단단히 움켜쥔 나는 곧바로 수면 위로 헤엄쳤다.

버둥거리는 남자를 끌고 나오는 것은 쉽지 않았다.

하지만 해야만 했다.

'젠장! 채윤기였어?'

나에게 폭격을 때려 맞은 그 인물은 다름 아닌 차원통제청의 조사관 채윤기.

신인류가 아니라, 그놈들에게 대항하라고 힌트를 던져 줬던 인물이 게거품을 물고 있었다.

❧

"푸하아-!"

바다거북의 권능은 수중의 이동 속도를 확 끌어 올려 주는 기술이기도 했다.

그 덕분에 최원호는 순식간에 호숫가로 헤엄쳐서 나올 수 있었다.

채윤기의 멱살을 단단히 붙잡고서 말이다.

"쿨럭! 쿨럭!"

"……."

일단 끌고 나오긴 했는데 물과 피를 함께 게워 내는 그를 보며 망연자실할 수밖에 없었다.

'이거 진짜 골 때리네. 이 양반이 왜 여기서 나온 거야?'

전혀 예상하지 못한 등장이었다.

아직 게이트가 열리지 않은 상황이었고, 나타난 상대는 본인의 정체도 알리지 않고 냅다 내뺐으니.

신인류가 게이트 안으로 들어온 가능성을 배제할 수 없었던 최원호는 최선을 다해 적을 공격할 수밖에 없었다.

그리고 그 결과가 이것이었다.

"팔이 부러졌군. 늑골 아래쪽으로 칼날이 관통했고. 장기도 진탕됐겠지? 쯧!"

다가온 최원호가 혀를 차자 채윤기는 연신 기침을 하며 소리쳤다.

"허윽, 허어억! 배, 백수현! 다, 당신 뭐야! 허, 어째서! 여기에! 허윽! 왜, 왜 날! 고, 공격했……어!"

누군가 뒤를 쫓아온다는 것을 감지했지만 이렇게까지 공격당하리라고는 전혀 예상하지 못했다.

'호수 한복판까지 도망쳤는데!'

대체 어떻게 날아 들어온 거야?

물속에서 있다 보니 그가 펼친 날개를 제대로 보지 못했고, 때문에 상황 자체를 이해하지 못한 것이었다.

최원호는 한숨을 내쉬었다.

"나야말로 뭐냐고 묻고 싶은데? 왜 여기에 와 있는 거야? 게이트는 아직 열리지도 않았잖아? 그리고 도망가긴 왜 도망가?"

내가 왜 여기 있냐고?

채윤기는 눈살을 팍 찌푸리며 항변했다.

"그야 내가 조사관이니까! 차원통제청의 조사관은 B등급 이하의 모든 게이트를 드나들 수 있다는 것! 이건 당연한 상식이잖나! 아으윽!"

"……그래?"

몰랐다.

최원호는 조사관과 게이트에서 부딪칠 일은 없었으니, 그런 규정까지는 정확히 알지 못했다.

"그리고 또 하나!"

가슴에 뚫린 상처를 꾹 누르며 채윤기는 고함쳤다.

"난 당신이 불러낸 거나 다름없는 거야! 그 신인류인지 뭔지에 대해 알아내려면 여기 숨어 있을 수밖에 없었다고!"

"응? 내가 불러냈다니……?"

잠시 얼굴을 찌푸렸던 최원호는 이내 수긍할 수밖에 없었다.

'그러네. 맞는 말이야.'

블랙핑거의 클랜 하우스에서 최원호는 채윤기에게 이 상

황에 끼어들어 보라고 살살 떡밥을 던졌다.

그러니 이 게이트에 조사관이 나타난 것에는 자신의 지분이 꽤나 크게 차지하고 있다고 할 수도 있었다.

틀린 말은 아니었다.

"……쳇."

최원호는 혀를 차며 허공으로 손을 뻗어서 뭔가를 뒤적이기 시작했다.

"뭐, 뭐 하는 거야?"

그 모습에 채윤기는 불안감을 느끼며 뒤로 물러섰다.

상대는 게이트에 불법적으로 들어온 위험한 인물이었다.

상식적으로 이해할 수 없는 강공에 당해 이미 전투 불능에 빠진 채윤기로서는 동작 하나하나에 긴장할 수밖에 없었다.

하지만.

"자, 마셔. 회복에 도움이 될 거야."

"……?"

최원호가 건넨 것은 체력을 회복시키는 포션이었다.

컴퓨터 게임에서 나오는 것처럼 드라마틱하게 회복을 이뤄 내는 것은 아니지만.

큰 상처에서 쏟아지는 피를 막고 과다출혈로 인한 체력 저하를 보전하기에 특화된 물약이었다.

짜디짠 공무원 월급으로는 상시 구비하고 있기 어려운 고가의 소모품이기도 했다.

'뭐야? 날 살려 주는 건가?'

하지만 채윤기는 의심을 거두지 않았다.

"혹시 나를 독살해서 살인멸구를 하려는 건 아니겠지?"

"……어디서 무협지깨나 보셨나 보네."

살인멸구(殺人滅口).

말 그대로 사람을 죽여서 입을 없앤다는 말이다.

게이트에 몰래 들어온 것을 들켰으니, 목격자를 없애려고 드는 것이 아니냐는 의심이었다.

하지만 최원호는 피식 웃었다.

"정 의심스러우면 포션 도로 내놔. 그럼 저 호수에다 다시 던져 넣어 줄게. 그게 돈도 아끼고 더 빠른 길이잖아?"

"젠장……. 그건 그렇군."

한숨을 내쉰 채윤기는 물약을 입안에 고스란히 털어 넣었다.

그리고 회복약의 효과가 도는 것을 느끼며 몸을 부르르 떨었다.

그때 최원호는 채윤기의 정신 방벽이 일부 흐려지는 것을 느끼고 있었다.

　-그리 나쁜 녀석은 아닌 것 같군. 설마 신인류라는 집단의 함정인가 했는데 다행히 그건 아닌 모양이야.

'오호, 이것 봐라?'

아마도 부상에다 뜻밖의 상황이 겹친 탓에 정신 방벽이 약해진 것 같았다.

그 덕분에 채윤기의 정신 파동이 꽤나 선명하게 들려오는 중이었다.

─다치긴 했지만 목숨이라도 건진 걸 다행으로 여겨야 하나? 아냐, 오히려 기회로 삼을 수도 있다. 백수현에게 힘을 합치자고 제안하는 건 어떨까?

'힘을 합친다……?'

읽어 낸 생각에 최원호는 내심 고개를 끄덕였다.

차원통제청 역시 신인류를 뒤쫓고 있다고 했다.

여기서 고위 조사관 하나를 포섭해 두면 분명 큰 도움이 될 터.

일시적으로나마 연합을 이루는 것도 나쁘지 않은 선택이었다.

"왜 허겁지겁 도망을 가, 도망가기는?"

최원호는 그에게 포션을 하나 더 건네며 아무렇지 않게 입을 열었다.

"차원통제청의 조사관이 그렇게 수상하게 움직일 줄은 전혀 예상하지 못했다고. 당당하게 나왔으면 됐잖아?"

"젠장, 신인류의 사냥개일 수도 있다고 생각했으니까 그랬지."

"나야말로 그렇게 생각해서 쫓아왔는데."

"그래? 서로 멍청한 짓을 했군. 쿨럭쿨럭!"

두 번째 체력 포션을 받아 든 채윤기는 천천히 그것을 마셨다.

그리고 잠시 입안에 남은 맛을 음미하며 생각에 잠기더니 최원호에게 이렇게 말했다.

"백수현, 당신이 '신인류'에 대해서 이야기한 뒤로 나도 이 것저것 많이 알아봤다. 그리고 꽤 재밌는 정보를 몇 가지 습득했고."

"정보? 어떤?"

"우리 청에서도 특수임무국이 그들의 뒤를 쫓고 있다는 것. 그리고 거대 클랜에서도 움직이고 있다는 것. 아직은 비 공식적인 행보에 불과하지만 말이야."

"……그렇군."

상대가 딱히 놀라는 기색을 보이지 않자 채윤기는 눈을 가늘게 떴다.

"역시. 내 추측이 맞다면 당신은 처음부터 알고 있었던 거야."

"내가 뭘?"

"시치미 떼지 마! 당신, 그냥 헌터가 아니잖아!"

그렇게 소리치는 채윤기의 눈동자는 묘한 희열로 불타오

르고 있었다.

❦

"무슨 소리야? 내가 그냥 헌터가 아니면 뭔데? 훈타?"

최원호는 모르는 척 딴청을 부렸다.

그러나 상대는 기이한 확신에 차 있었다.

"당신은 처음부터 블랙핑거와 신인류 사이에 뭔가 관계가 있다는 것을 알고 있었어. 그래서 나에게 은근히 정보를 흘린 다음, 여기서 신인류를 맞이할 준비를 해 둔 거지."

"……."

놀랍게도 첫 이야기는 틀렸지만 나머지는 그럭저럭 맞는 말이었다.

처음에 최원호는 블랙핑거 클랜과 신인류 사이에 어떤 관계가 있었는지 전혀 알지 못했다.

하지만 정보를 의도적으로 흘린 것은 사실이었다.

그리고 이 게이트에서 신인류를 맞이할 준비를 하고 있었던 것 역시 그러했다.

그 덕분에 오해는 착실하게 진행되었다.

"그런데 당신은 불과 며칠 전에 블랙핑거에 합류하고 곧바로 이 일에 휘말린 상황이라고 하더군. 그 실력은 도저히 F등급 헌터라고 할 수 없고 말이야!"

채윤기는 부러진 팔을 움켜잡은 채 피식 웃었다.

"누가 봐도 이상하잖아. 차원통제청의 조사관을 가지고 놀고, 클랜에 합류하자마자 미스터리한 사건을 파헤치고, 등급에 전혀 맞지 않는 힘을 자랑하는 헌터……."

심지어 채윤기가 가진 '관조' 특성을 완벽하게 무시할 정도였다.

이게 평범한 헌터라고?

절대 그럴 리가 없다.

"난 확신할 수 있어. 당신이 최소한 SR급 헌터라는 것을 말이야."

그 말에 최원호는 픽 웃었다.

'뭐 딱히 틀린 말은 아니네.'

"그리고 어쩌면 배후에 거대 클랜을 둔 사설 조사관일지도 모른다고 의심하고 있지."

……응? 사설 조사관?

'그건 전혀 아닌데?'

"여기서 조금 더 나아가자면, 미국이나 중국 측이 파견한 비밀 요원일 가능성도……."

"푸하하하하!"

최원호는 그만 웃음을 터트리고 말았다.

"상상력이 너무 풍부한데? 어릴 때 싱크박 좀 했나?"

"글쎄. 모를 일이지. 내 추측이 당신의 진짜 정체와 어느 정도 가까울지는 말이야."

"재밌네."

흥미로운 미소를 짓고 있는 '백수현'.

사실 그의 정체는 오히려 채윤기의 상상력을 한참이나 뛰어넘는 것이었다.

최원호는 태평양이나 황해를 건너온 수준이 아니라 무려 차원의 틈을 뚫고 돌아온 인물이었으니까.

애당초 상상할 수 있는 범주 자체가 아니었지만 말이다.

"그렇지만 난 당신의 진짜 정체에는 관심 없어."

"오, 그래?"

"어차피 헌터들은 정체를 숨기고 있는 게 보통이니까. 그보다는 내 업무에 집중해야지. 게이트 안에서 이상한 짓을 하는 놈들을 잡아내는 것. 그게 내 일이다."

채윤기는 더없이 진지하게 제의했다.

"그러니까 손을 잡는 게 어때?"

"손? 누구 손?"

"당연히 차원통제청과 손잡자는 말이지."

남자의 눈동자에서 빛이 번쩍였다.

"당신이 누구든 상관없어. 우리에게 협조해 준다면 우리 역시 최선을 다해 당신에게 협조할 거다."

"흐음."

비로소 본론이 나오기 시작했다는 것을 깨달은 최원호가

조용히 미소를 지었다.

채윤기는 상대의 죄책감을 이용하기 위해 피 묻은 손을 들어 자신을 가리켰다.

"봐, 내가 도와줄 수 있어. 당신의 정체가 정확히 뭔진 모르겠지만, 차원통제청과 동맹 관계를 형성하는 당연히 엄청난 도움이 되겠지. 설명할 필요도 없을 만큼 말이야."

"……."

"간단한 '마력 교류 계약'으로 성립되는 일이야. 어때? 절대 나쁜 제안은 아니라고 생각하는데?"

그렇게 말을 마친 채윤기의 입가에 자신만만한 미소가 떠올라 있었다.

'이건 무조건 100%다.'

차원통제청은 대한민국의 모든 게이트를 관리하기 위해 설립된 강력한 정부 기관이다.

게이트 시대가 본격적으로 열린 지금, 차원통제청은 대통령 직속 기관으로 검찰청이나 기획재정부보다 강한 파워를 발휘하는 조직이 되었다.

채윤기의 미소는 그 조직의 일원으로서 절대 거부할 수 없는 미끼를 던졌다는 자신감의 표현이었다.

하지만.

"그래? 마력 교류 계약이란 말이지?"

잠시 생각에 잠겼던 최원호는 곧 결론을 내리고 피식 웃었다.

내놓은 대답은 간단했다.

"싫어."

"그래. 잘 생각했…… 뭐, 뭐라고?"

당연히 동의를 받을 것이라고 생각했던 채윤기는 당황해서 말을 더듬고 말았다.

그러나 대답은 확고했다.

"별로 내키지 않는다고. 고맙지만 사양하겠어."

"어, 어째서?"

"내키지 않는다니까 뭐가 '어째서?'야? 거절할 수도 있는 거잖아? 사람이 살면서 늘 오케이만 받을 수 있나?"

"……."

상대는 예상과 달리 그 제안을 거부했고, 차원통제청의 사무관은 망연자실한 표정이 될 수밖에 없었다.

✦

부러진 팔을 부목으로 고정한 채윤기는 게이트 출구를 통해 바깥으로 빠져나왔다.

그러자 게이트 통제관들이 우르르 다가왔다.

"아! 조사관님! 벌써 나오십니까?"

"말씀하신 조사는 끝난 겁니까?"

"일단은 그렇습니다. 협조해 주셔서 감사합니다."

"아닙니다. 한솥밥 먹는 직원들끼리 당연한 거죠. 근데 그 팔은 어쩌다가……?"

"별일 아닙니다. 그럴 일이 좀 있었습니다."

게이트 통제관들은 의아한 표정으로 눈빛을 교환했지만 채윤기는 대충 얼버무렸다.

"아 참, 그 블랙핑거에서 게이트에 진입하겠다고 통보한 시간이 언젭니까?"

"아직 30분 정도 남았습니다. 슬슬 올 때가 됐네요."

"그렇군요. 알겠습니다."

채윤기는 눈인사를 보낸 뒤 그 자리를 빠져나왔다.

그는 깊은 생각에 잠겨 있었다.

'제장, 당연히 수락할 거라고 생각했는데.'

놀랍게도 '백수현'은 거부 의사를 표했다.

마치 모두 알고 있다는 듯이 미소를 지으며 말이다.

'……설마 눈치챘던 건가?'

앞서 채윤기가 던진 제안은 100% 순수한 호의에서 비롯된 것이 아니었다.

실은 일종의 '덫'과도 같았다.

신인류를 상대로 공동 전선을 구축하고 정보망을 공유하자는 의도는 진실된 것이었지만……

그 이면에는 차원통제청의 조사국이 정체가 파악되지 않

은 헌터인 '백수현'을 추적할 수 있도록 만드는 계략이 숨어 있었다.

일단 마력 교류 계약으로 정보 교환이 시작되면, 어떤 헌터든 꼬리를 밟힐 수밖에 없는 흔적을 드러내게 된다.

마력 교류 계약이라는 행위 자체가 헌터의 지문이라고 할 수 있는 '마력 패턴'을 노출시키기 때문이었다.

일종의 위장 함정.

방금처럼 차원통제청의 작전 자원을 빌려줄 테니 마력 교류 계약을 맺자는 제안은, 신분을 쉽게 갈아치울 수 있는 헌터들을 다루기 위해 고안된 고도의 수사 기법이었다.

그런데 최원호는 마치 그걸 알기라도 한 것처럼 능숙하게 피해 갔다.

내키지 않는다면서 지어 보이던 그 미소는 무슨 의미인지.

거절당한 채윤기는 고민에 빠질 수밖에 없었다.

'정말 내 의도를 알았던 건지도 모르겠군.'

만약 그렇다면 조금은 억울한 일이었다.

그 제안이 단지 덫으로써만 작동하는 것은 결코 아니었다.

마력 패턴이 익명의 헌터를 추적하는 단서로 활용되는 상황은 어디까지나 그 헌터가 범죄 피의자가 되었을 때뿐이니까.

그럴 일이 없는 거대 클랜의 수장들은 자진해서 차원통제청에 마력 패턴을 등록하여 이점을 누리기도 했다.

그러니 그것은 채윤기의 순수한 호기심과 호의가 절반, 혹

시 모를 가능성에 대비하자는 생각이 절반으로 이루어진 제
의였다.

　스스로 무결한 헌터라면 분명 도움이 될 이야기이기도 했다.
　'그런데 그걸 거부하고 역제안을 했어.'
　당황스럽게도 '백수현'은 거꾸로 제안을 걸어왔다.

　－마력 교류 계약은 됐고 전화번호나 내놔. 일단 그 정도
로 시작하자고.

　……갑자기 시작하자니? 뭘?
　채윤기는 잠시 헷갈렸지만 얼떨떨한 마음으로 일단 전화
번호를 찍어 주었다.
　그러고 나서 이런 이야기를 들었다.

　－게이트 밖으로 나가서 팔을 치료해. 그러고 나서 다시
들어와. 기회가 있으면 그 제안을 수정할 수 있겠지. 운이
좋을 때의 이야기지만.

　역시 알 수 없는 이야기였다.
　마치 제안 자체가 조건이 맞지 않으니까 협상을 다시 하자
는 투이지 않은가?
　'차원통제청을 상대로 네고를 하겠다는 건가?'

그러면서 마지막으로 이렇게 덧붙이기도 했다.

  -혹시나 해서 말해 두는 건데, 지금 내가 이 게이트 안
에 들어와 있다는 것은 절대 누설하지 마. 어떤 결과를 불
러올지 모르니까. 그쪽도 바보는 아니니 무슨 뜻인지는 알
거라고 생각하겠어.

  하지만 채윤기는 약간 바보가 된 듯한 기분이 될 수밖에
없었다.
  일단 신인류로 정보가 새지 않도록 방지하라는 뜻으로 알
아듣고 알겠다고 대답하긴 했는데.
  여전히 아리송했다.
  자신의 제안은 분명 거절당했고, 힘을 합치자는 이야기는
수포로 돌아갔다.
  그런데 왠지 모르게 한 팀이 된 듯한 느낌이다.
  '……이게 뭐지?'
  채윤기는 전혀 알지 못했지만 그것은 최원호가 가진 '야성'
특성의 부가 효과였다.
  마치 짐승 무리의 리더가 강력한 위압감으로써 조직을 이
끄는 것처럼.
  최원호 역시 보이지 않는 패기를 통해 상대를 찍어 누르
고, 아주 약간이지만 자신의 지배권 안으로 포섭하는 효과까

지 발휘할 수 있었다.

그의 레벨이 30에 가까워진 덕분이었다.

또한 채윤기가 '백수현'에게 긍정적인 감정을 느끼고 있는 것도 호재로 작용한 결과이기도 했다.

뭐가 뭔지 모르겠지만 채윤기는 최원호가 이야기한 대로 따를 생각이었다.

'그래, 일단 팔에 깁스부터 감고, 지혈제를 꼼꼼하게 두른 뒤에 게이트로 돌아가면 얼추 시간이 맞을 것 같네.'

어쨌거나 그가 입수한 첩보에 의하면 신인류라는 괴집단은 분명히 존재하고 있었다.

특수임무국에서 제대로 된 정보를 주진 않았으나 여러 실종 사건에 연루되어 있다는 정황이 있었다.

그러니 확인해야만 했다.

'신인류라는 놈들이 정말로 이 게이트에 나타날 것인지.'

만약 그렇다면 그들이 무엇을 노리고 있는 것인지…….

수사관으로서 반드시 알아내야만 하는 대목이었다.

✦

'귀여운 놈.'

어디서 내 마력 패턴을 날로 먹으려고.

마력 교류 계약을 운운한 순간부터 그 속셈은 훤히 보였다.

모든 헌터들에게 마력 패턴은 바꿀 수 없는 지문과 같은 정보인데, 마력 교류 계약을 맺게 되면 그것이 고스란히 노출된다.

'나야 마력 패턴을 전혀 다른 형태로 바꿀 수도 있지만…….'

아직은 안 된다.

의념 스탯이 세 자리를 찍고, 마력을 다루는 통제력이 충분히 무르익어야만 가능한 일이었다.

그래서 그 제안을 단칼에 거절했다.

채윤기는 충격을 받은 듯한 표정을 지었다.

−이걸 거절한다고……?

잔뜩 당황한 정신 파동.

그리고 그게 끝이었다.

내가 제안을 거절하자 제정신을 차리기라도 했는지 더 이상의 정신 파동이 흘러나오지 않았다.

'충격요법으로 정신 방벽이 회복된 건가?'

하여간 재밌는 양반이다.

내가 채윤기가 제시한 마력 교류 계약은 거부했지만, 그렇다고 차원통제청의 공무원을 포섭하겠다는 생각이 바뀐 것은 아니었다.

그래서 새로운 제안을 던진 것이었다.

전화번호를 교환하고 부상을 수습한 뒤에 게이트로 돌아오라는 이야기는, 차원통제청을 끼우지 말고 개인 대 개인으로서 손잡자는 뜻이었다.

채윤기가 나와 엮인 이상, 그에게 내 존재와 필요성을 어필하는 것은 정말 일도 아니었다.

그보다 이 게이트에서 내가 상대해야 할 진짜 문제.

'정체불명의 괴집단, 신인류.'

놈들은 과연 어느 정도의 전력을 가지고 있을까?

나와 신우를 비롯한 블랙펑거 클랜은 어떤 손실을 입게 될까?

최대한 준비를 해둬야 한다.

"오빠, 계획했던 트랩은 다 설치했어."

"고생했다."

그 준비가 끝나고, 예정된 게이트 입장 시간이 되었을 때.

[권능 : '겁쟁이 카멜레온의 위장술'.]

우리 남매는 게이트 입구 근처에 모습을 감추고 있었다.

이윽고 열 명의 헌터들이 게이트에 들어왔다.

5 대 5로 대열이 나누어진 그들 사이에서는 척 봐도 냉랭한 기류가 흐르고 있었다.

ㅡ오빠, 일단 지켜보는 거지?

-응. 내가 신호할 때까진 기다려.

나와 신우는 수신호를 주고받으며 상황을 관찰했다.

우린 두 진영의 경쟁 대결이 시작되면 본격적으로 개입할 작정이었다.

하지만 계획은 깔끔하게 백지화되고 말았다.

쾅-!

"아악!"

별안간 지축을 흔드는 폭발음과 함께 여자들의 비명이 터져 나왔으니까.

고미정의 옆에 있던 쥐새끼 같은 인상의 남자가 범인이었다.

놈이 지표면에 손바닥을 내리찍은 순간, 거센 폭발이 일어나며 땅거죽이 뒤집혔고.

그 기습 공격에 이규란을 비롯한 젊은 헌터들은 모두 피를 뿌리며 나가떨어지고 말았다.

"다, 다 죽인 거야?"

아무런 예고 없이 벌어진 상황에 나는 신우와 마찬가지로 눈을 부릅뜰 수밖에 없었다.

"……저 미친놈들이."

✧

나는 입술을 꾹 깨물었다.

'생각보다 더 미친놈들이었어.'

아무리 상대와 척진 상황이라고 해도 게이트에 들어오자마자 공격을 퍼붓다니.

시작부터 이렇게 나오리라고는 전혀 예상하지 못했다.

고미정과 채굴팀장들을 앞세운 두 남자는 완전히 낯선 인물들이었다.

신인류의 간부들인 듯했다.

'저놈들, 후환 따위는 생각하지도 않나?'

혹시 저것들도 다른 차원에서 오기라도 했나?

내 머릿속에 얼토당토않은 생각들이 채워지고 있을 때.

"어, 그, 저기, 오빠……!"

옆에서는 신우가 들썩거리고 있었다.

얼굴은 충격으로 하얗게 질렸다가 이내 분노로 시뻘겋게 물들고 있었고.

눈빛은 당장 뛰쳐나가서 저들에게 공격을 퍼붓고 싶다는 의지를 강력하게 피력하고 있었다.

녀석의 마음을 이해하는 것은 어렵지 않은 일이었다.

나도 같은 감정을 느끼고 있었으니까.

[알림 : 특성 '야성'이 반응하고 있습니다.]

안쪽부터 부글거리며 차오르는 퓨리 에너지가 느껴진다.

나 또한 저들을 피 떡으로 만들고 싶다는 격렬한 충동에 휩싸여 있었다.

하지만 고개를 가로저었다.

-기다려.

"하지만……!"

-지금은 기다려야 돼. 그리고 죽진 않았어.

그러자 신우는 입술을 꾹 깨물며 고개를 끄덕였다.

우리가 이대로 뛰쳐나가는 것은 최악의 선택지였다.

내가 동생의 엄호를 받아 기습 공격의 이점을 극한까지 뽑아낸다고 하더라도.

단숨에 처치할 수 있는 숫자는 최대 둘 정도에 불과했다.

'그것도 저 남자들의 레벨이 40 정도 될 것이라는 가정하에서 가능한 예상이야.'

만약 놈들의 레벨이 예상보다 조금만 더 높아도 기습 성공률은 곤두박질을 치게 된다.

결과적으로 위기에 몰리는 것은 우리가 될 터.

무모한 짓이다.

그런 리스크를 감당할 순 없었다.

'무엇보다도 이규란과 헌터들은 죽지 않았어.'

아무런 조짐도 없이 일어난 폭발에 잠시 당황하긴 했지만, 나는 아까의 공격이 무엇인지 읽어 낼 수 있었다.

〈리플렉션 웨이브〉

[스킬] 마나 에너지를 이용하여 지면에 강력한 반사 파동을 일으켜 주변을 공격한다. 순간적으로 적의 마법 능력을 억제할 수 있다.

이 공격 스킬은 땅의 에너지와 자연적인 마력이 서로 밀어내는 것을 이용하는 충격파였다.

'범위는 좁지만 상대의 마력 체계를 진탕시켜 마력 순환을 잠깐 정지시키는 강력한 효과를 만들 수 있지.'

마력 체계를 공격하는 메커니즘이라서 치명상을 입힐 수 있는 기술이 아니었다.

그러니 피를 뿜으며 나가떨어진 다섯 사람은 잠시 기절했거나, 마력 체계의 충격 때문에 몸을 가누지 못하는 상황이라고 볼 수 있었다.

-침착하게 준비했던 대로 가자. '그거' 시작해.

-알았어.

신우에게는 맡겨진 임무가 있었다.

'대인전에서 무엇보다 중요한 임무지.'

그렇게 여동생을 다독인 뒤 나는 잠시 관망을 시작했고…….

저벅저벅.

키가 멀대처럼 큰 남자가 여자들을 향해 다가서는 것을 보며 눈을 가늘게 떴다.

'엄청 크네. 이코보다도 큰 것 같은데?'

바로 그때였다.

"……?"

그 남자가 이쪽을 돌아보았다.

마치 내가 여기 있다는 것을 정확히 알아차린 것처럼!

'설마 신우가 사용하는 마력을 느낀 건가?'

그렇다면 여기도 발각될 수 있었다.

하지만.

[알림 : '겁쟁이 카멜레온의 위장술'이 강화됩니다.]
[정보 : 주변 환경과의 동화가 더욱 효과적이게 됩니다.]

나는 그 시선을 피해서 움직이는 대신 권능을 강화했다.

여기서 섣불리 몸을 움직이는 것은 오히려 발각될 확률을 높이는 행동이었으니까.

만약 내 전력을 다한 위장술까지 꿰뚫어 본다면…….

'레벨 95 이상의 최고위 랭커겠지. 그렇다면 지금의 나에게 승리 확률은 전혀 없을 테고.'

그땐 즉시 신우를 데리고 몸을 피하는 것이 최상책이었다.

나는 그것까지 체크해 보자는 생각으로 카멜레온의 권능을 최대한으로 전개했다.

그리고 그 결과.

"……?"

고개를 갸웃한 남자는 곧 시선을 거두었다.

내가 상상했던 그런 고위 헌터는 아니라는 뜻이었다.

'불행 중 다행이라고 해야겠네.'

내가 지켜보는 가운데, 멀대는 쓰러진 헌터들에게 천천히 다가섰다.

놈은 입가에 피를 흘리고 있는 여자들을 주의 깊게 살펴보더니 다시 한번 고개를 갸웃거렸다.

마치 찾고 있는 무언가가 보이지 않는다는 것처럼 말이다.

뭘 찾고 있는 거지?

그러다가 돌연 놈이 무어라 입을 연 그 순간.

'지금!'

나는 재빨리 권능을 바꾸어 사용하기 시작했다.

[권능 : '집요한 사냥개의 추적술'.]
[정보 : 투입되는 에너지에 비례하여 청각 능력이 향상됩니다.]

사냥개의 권능은 야수의 권능들 중에서도 가장 기본적인 것에 속했다.

'인간보다 월등한 청각 능력을 만들어 주는 힘.'

나는 몇 배로 강력해진 청각을 이용해서 대화를 엿듣기 시작했고.

"……이 없잖나. 어떻게 된 거지?"

"모, 모르겠습니다, 무왕님."

저놈이 바로 그 '무왕'이라는 사실을 알아낼 수 있었다.

'신인류 지도부 중 한 사람이라고 했었지.'

여기서 만나게 될 줄이야.

나는 놈의 외견을 유심히 관찰했다.

무왕은 고미정과 다른 채굴팀장들은 거들떠보지도 않고 쥐새끼에게만 이야기는 나누고 있었다.

그것만으로도 충분했다.

나는 그들의 이야기 속에서 내내 궁금했던 몇 가지를 확인할 수 있었다.

"설마 날 속인 거냐?"

"아, 아닙니다! 제가 어떻게 감히!"

"그럼 무능한 건가? 시간 낭비는 질색이라고 했을 텐데. 내가 한국으로 들어오는 것도 시간과 준비가 필요한 일이다."

"죄, 죄송합니다. 심혁필이 분명히 저 다섯 사람에게 파편을 심어서 개화에 성공했다고 했는데! 저도 어떻게 된 건지 모르겠습니다."

"쭛, 이래서 빵즈들이란……. 너희가 내 관할 중에 가장 성과가 없다는 것은 알고 있겠지?"

"정말 죄송합니다, 무왕님."

'……그렇군.'

일단 고미정이 일주일이라는 시간을 던진 것은 저 무왕이
한국으로 들어올 시간을 벌기 위해서였던 것 같다.

그리고 저놈은 한국인 헌터가 아닌 듯했다.

'한국말도 좀 어색한 것 같고……'

추측컨대 중국인일 가능성이 컸다.

빵즈(棒子 : bangzi)라는 말은 중국인들이 한국인을 비하하는
욕설이었다.

이스케이프 클랜에 있던 시절, 동료 중 한 사람이 중국인
이었던 덕분에 알고 있던 내용이었다.

'샤오링은 이 말을 들으면 일단 죽빵부터 갈기라고 했지.'

어쨌거나 이야기를 들어 보니 무왕은 간부답게 꽤나 바쁜
모양인데.

놈이 군이 한국으로 들어와야만 했던 이유는 무엇일까?

정확한 목적이 뭐지?

"'피의 지배'는 미완성된 기술이니 예기치 못한 사고가 있
을 수도 있었겠지. 이번 한번만 눈감아 주겠다."

"가, 감사합니다!"

"하지만 '힘의 파편'은 회수해야 한다. 꽃피우지 못했더라
도 씨앗의 힘은 분명히 살아 있을 테니까. 이는 예언자님께
서 내리는 엄명이다."

"……"

"왜, 자신이 없나?"

"아, 아닙니다! 할 수 있습니다!"

"물론 그래야 할 것이다. 폐기되고 싶지 않다면."

파편을 회수해야 한다고?

그리고 '예언자'?

'그게 신인류의 지도자인가?'

머릿속으로 앞뒤를 맞춰 보니, 신인류 조직은 심혁필에게 '힘의 파편'이라는 씨앗 비슷한 것을 빌려준 듯했다.

그리고 심혁필은 그것을 특수팀 헌터들에게 심어서 개화시키려고 시도했다.

무왕은 그 힘을 회수하기 위해서 여기까지 행차했다는 이야기였다.

그러니까 파편이란 게 그만큼 중요한 힘이라는 건데.

'근데 없다고? 그럼 어디 있는 거지?'

내가 여자들을 제압했을 때도 딱히 대단한 힘 같은 건 없었…….

'잠깐만, 설마?'

내가 흡수했던 그 에너지가?

"……즉시 파편들을 회수하도록."

"알겠습니다."

지시를 마친 무왕의 시선이 다시 한번 이쪽을 향해 움직였다.

잠깐 다른 생각에 빠져 있던 나는 황급히 권능을 바꾸어 썼고.

"……?"

또 한 번 미심쩍은 얼굴로 고개를 갸웃거리는 무왕을 보며 가슴을 쓸어내려야만 했다.

'십 년 감수했네. 얼른 동시 권능을 여유 있게 쓸 수 있을 만큼 렙 업을 해야겠어. 불편해서 살겠나.'

쥐새끼에게 마지막으로 무어라 이야기를 남긴 무왕은 공간 이동 스킬을 전개해서 순식간에 사라졌다.

동시에 신우가 수신호를 보내 왔다.

—방금 게이트 출구 쪽에 있는 감지 트랩 하나가 반응했어. 엄청 빨라. 벌써 바깥으로 나간 것 같은데?

—그렇군.

무왕은 사라졌다.

이로써 남은 것은 신인류의 하급 간부로 보이는 남자와 세 명의 채굴팀장들.

무왕에게 전혀 기를 펴지 못하고 굽실거렸던 쥐새끼는 이제 이마를 긁적이며 한숨을 푹푹 내쉬고 있었다.

그리고 고미정 쪽으로 손짓을 보내며 이렇게 명령하는 것이었다.

"전부 다 죽여서 없애 버려! 이제 쓸모도 없는 것들이니까!"

그러자 인형처럼 가만히 서 있던 고미정과 채굴팀장들이 눈을 번쩍이며 움직이기 시작했다.

정말 강시처럼 철두철미하게 명령에 복종하는 모습들이었다.

하지만 아직 마력 진탕에서 회복되지 못한 이규란 측은 대항할 수도 없는 상태.

"오빠……!"

신우가 나를 향해 목소리를 쥐어짰다.

동시에 녀석의 손이 바쁘게 움직였다.

그건 '저놈은 나와 비슷한 레벨이야!'라는 의미의 수신호였다.

그것으로 신우는 자신에게 맡겨진 임무 하나를 완수한 셈이었다.

스킬 '레벨 스카우트.'

신우의 통찰 특성에 귀속된 이 마법 스킬은 은연중에 풍겨 나오는 마력 흐름을 역추적해서 상대의 수준을 직관적으로 평가하는 기술이었다.

꽤 오래 걸리고 아주 정확한 것도 아니지만, 미지의 상대와 대결하기 위해서는 필수적인 선행 작업이었다.

'무왕은 모르겠지만 일단 저 쥐새끼는 레벨 40 근처란 말이지?'

난 이미 해청을 뽑아 들며 움직이고 있었다.

무왕이 빠진 그 순간부터 본능적으로 승산이 있다는 것을 느끼고 있었으니까.

'충분히 해볼 만해.'

그리고 이제 나서지 않으면 이규란 측이 다칠 것이다.

"바인딩 걸어."

"오케이!"

신우가 화색을 띠며 다시 마력을 움직이기 시작한 순간.

나의 새로운 권능 역시 극한까지 전개되기 시작했다.

　　[권능 : '추격자 치타의 질주'.]

몸이 가벼워지는 것이 느껴졌다.

등허리에 뜨거운 에너지가 몰리고 둔부를 타고 넘어 햄스트링을 활성화시킨 뒤.

종아리와 발목까지 강화력을 골고루 부여한 다음 순간.

'간다.'

나는 수풀을 뚫고 정면으로 돌진했다.

동시에 해청의 칼날이 공기를 횡으로 찢으며 날아들었다.

"……!"

채굴팀장 하나가 반사적으로 내 진로를 가로막았지만 상관없었다.

나는 조금도 망설이지 않고 칼날을 휘둘렀다.

서걱!

무자비할 때는 무자비해질수록 좋다.

상대를 처치해야겠다는 마음을 먹은 순간부터, 그것은 절대로 변하지 않는 기정사실로 두는 것이 최선이니까.

잘려 나간 고미정 마크2의 머리통이 땅바닥으로 툭 떨어졌다.

"크아악!"

"흐읏!"

그러나 다른 두 사람은 신우의 속박 마법에 엮여서 움직이지 못하고 있었다.

나는 땅바닥을 짓눌러 밟으며 쥐새끼에게 돌진했다.

"팔다리는 쓸모없으니까 잘라 놓고 시작할까?"

"으어어억!"

사선을 그리며 날아든 해청의 칼날에 순식간에 팔뚝 하나가 날아갔다.

피를 보니 왠지 흡혈뱀의 권능을 써야 할 것 같은 기분이 든다.

그러나 지금 내 목표는 놈을 완전히 무력화시키는 것.

'몸통만 남겨 주마.'

"뭐, 뭐야, 이 새끼는!"

팔을 잃었음에도 주의력은 잃지 않았는지 상대는 급히 물러서는 것과 함께 마력을 모아서 나에게 반격하려 했다.

하지만 치타의 권능은 여전히 유효했다.

급가속을 이용해서 표적을 괴롭히는 것이 이 권능의 주된 목적이다.

'해청, 톱날검으로.'

―웅! 주인!

쉬이이이익―!

무시무시한 이빨들을 드러낸 칼날이 끔찍한 파공성을 내며 남자의 머리통을 노렸다.

상대는 급히 물러섰지만 안타깝게도 그만 코끝이 걸리고 말았다.

얼굴 가죽이 단숨에 찢기며 선혈이 공중으로 흩뿌려진다.

눈알도 하나 터진 것 같다.

"크아악!"

피투성이가 되어 물러선 상대.

놈은 나의 등 뒤를 향해서 남은 팔을 애처롭게 버둥거렸다.

"다, 당장 날 빼내! 어서!"

간신히 신우의 속박에서 벗어난 채굴팀장들이 이쪽으로 달려오고 있었다.

고미정이 나를 피해서 간부에게 달려가는 사이, 눈동자에 핏발을 세운 고미정 마크3가 쌍칼을 휘두르며 나에게 달려들었다.

"죽어어어엇!"

하지만 나는 피하지 않았다.

[권능 : '화산 원숭이의 분신술'.]

좀비 게이트에서 사용했던 분신 능력을 이용해서 상대하는 것만으로도 충분했으니까.

'채굴팀장들은 모두 R3급 지원 포지션 출신.'

그 말은 지금의 내가 분신을 이용해서 싸우더라도 제압하기에 부족함이 없는 상대라는 뜻이었다.

하지만 바로 그때.

[안내 : 이곳은 게이트 입구입니다. 새로 입장하는 인원과 부딪치지 않게 주의하세요.]

난데없이 게이트의 입구가 다시 열렸다.

"……?"

치고받고 싸우던 모두가 얼어붙었다.

전혀 예상치 못한 재등장이 이뤄지고 말았다.

"이, 이게 무슨?"

팔에 깁스를 감고 복부에 붕대를 칭칭 동여맨 채윤기.

차원통제청의 수사관이 게이트로 돌아온 것이다.

그는 아수라장이나 다름없는 장내를 둘러보며 경악에 찬 표정을 짓고 있었다.

"백수현……!"

피 묻은 검을 든 나에게 즉각 해명을 요구하는 눈빛.

난 한숨을 내쉴 수밖에 없었다.

'타이밍 한번 끝내주네.'

쉬지 않는 뉴비

일반적으로 게이트 내부는 일종의 치외법권으로 인식된다.

일단 국가의 행정력이 닿기 어려운 곳이고.

인류 문명을 발전시키는 마력 자원들을 제공하긴 하지만 인명과 재산을 파괴하는 이상 현상으로 취급된다.

그 때문에 국가들은 헌터들에게 익명권을 부여하여 게이트를 관리하고 있고, 이로 인해 게이트 내부는 헌터들의 관할지로 간주되는 곳이었다.

하지만 그게 살인을 용인한다는 뜻은 아니었다.

지금처럼 국가 소속의 공무원 헌터가 보고 있는 상황이라면 더더욱 용납할 수 없는 일이었다.

"……백수현!"

채윤기는 아공간 주머니에서 자신의 무장을 꺼내 들었다.

현재 왼팔에 깁스를 감고 가슴의 상처를 안고 있는 그가 택한 것은 K1A 기관단총이었다.

"이게 당신 짓이야? 말해. 당신이 죽인 거야?"

수사관은 인체의 조각들이 바닥을 굴러다니는 이 참혹한 상황에 대해 캐물었다.

하지만 최원호는 돌아보지도 않았다.

"나중에 얘기해."

그 말에 채윤기는 분노를 느껴야만 했다.

"무슨 '나중'이야! 이 살인자 새끼야, 당장 대답하라고!"

하지만 돌아온 것은 더 큰 분노였다.

"시끄러워! 타이밍도 지지리 못 맞추는 자식아!"

……타, 타이밍?

'갑자기 뭔 타이밍?'

그러나 다시 물어볼 새도 없이 난전이 시작되었다.

최원호가 불러낸 분신체가 채굴팀장의 쌍검을 쳐 내고는 여자를 거칠게 밀어냈다.

동시에 칼날이 긴 울음을 토해 냈다.

아우우우우우—!

무기에 귀속된 '해청의 핑소'가 터져 나온 순간.

최원호는 고미정을 향해 바람처럼 내달리고 있었다.

해청으로 동작 경직을 먹인 뒤 상대를 단숨에 죽이겠다는 의도였다.

"이 미친 새끼가! 당장 그만두지 못해!"

가만히 두고 볼 수 없었던 채윤기는 총구를 들어 올렸다.

그때 끼어든 것은 최신우의 마법이었다.

"봉쇄!"

[스킬 : '파이어암 블로케이드'.]

화약 무기의 원거리 공격을 근원적으로 봉쇄하는 마법 주문이 영창되었다.

이 마법은 게이트 안에서 화약 무기가 제대로 쓰이지 못하는 원흉이기도 했다.

타앙-!

총구가 불을 뿜었으나 탄환은 발사되자마자 어딘가에 맞은 것처럼 엉뚱한 곳으로 튀었다.

광역 디스펠이 없다면 총기는 무용지물에 불과했다.

"젠장. 후방 지원도 있었나?"

채윤기는 이를 갈며 적당히 길쭉한 대거를 꺼내 들었다.

한 손을 이용한 검술은 익숙하지 않았지만 지금은 다른 도리가 없었다.

최원호는 야차처럼 상대들을 몰아붙이고 있었다.

그들도 손을 놓고 있었던 것은 아니다.

"씨×! 프리 포 무브먼트!"

쥐 같은 인상의 남자는 경직 해제 주문을 영창하여 고미정의 움직임을 다시 자유롭게 만들어 주었다.

"디, 디스토션 플로!"

에너지 흐름의 작용을 방해하는 마법 스킬을 이용하여 최원호의 분신을 역소환시키기도 했다.

하지만.

[권능 : '추격자 치타의 질주'.]

상대가 분신을 지워 버리자 최원호는 오히려 몸놀림의 속도를 극한까지 끌어 올리기를 택했다.

그리고 채굴팀장들을 미친 듯이 몰아붙였다.

그 천변만화하는 움직임은 바로 광성천검의 것이었다.

"흐아앗!"

"아악!"

두 여자는 앞뒤에서 합격술을 펼치며 어떻게든 최원호를 막아 내려 했지만 서서히 수세에 몰리는 중이었다.

3 대 1이라는 수적 우세가 느껴지지 않는 광경.

"이런 미친……."

검을 들고 막 달려들려고 하던 채윤기는 마른침을 삼키며 주저할 수밖에 없었다.

헌터 자격증을 따고 차원통제청의 공무원이 된 뒤로 나름대로 많은 경험을 쌓았다고 자부해 왔지만…….

'저런 움직임을 본 적이 있었던가?'

그야말로 투견처럼 달려들어 상대를 물어뜯어 죽여 버리는 짐승의 싸움이었다.

물음표가 뒤늦게 머리를 들었다.

어째서 저렇게까지 살의를 드러낸단 말인가? 대체 왜?

"……!"

깨달음이 채윤기의 머릿속을 관통한 것은 바로 그때였다.

'혹시 저들이 신인류?'

황급히 주변을 둘러보니 이규란을 비롯한 헌터들이 눈을 부릅뜨며 몸을 일으키고 있었다.

여자들은 부들부들 손을 떨면서도 채윤기의 추측을 확인해 주었다.

"조사관님! 백수현 씨를 지원해야 합니다!"

"고, 고미정 일당이 먼저 우리를 공격했어요! 신인류! 저것들이 신인류란 말이에요!"

이규란과 장유민의 외침이었다.

동시에 떠오르는 시스템 메시지.

[알림 : 특성 '관조'가 반응하고 있습니다.]

거짓말 판독기.
자신의 관조 특성이 작동을 시작한 것이다.
그 결과는…….

　　[정보 : 지금 눈앞의 상대가 진실을 말하고 있습니다.]
　　[정보 : 지금 눈앞의 상대가 진실을 말하고 있습니다.]

'정말이다! 백수현이 신인류를 찾아낸 거야!'
비로소 상황을 제대로 파악한 채윤기의 목표가 바뀌었다.
"백수현! 내가 지원한다! 깊게 파고들어!"
"멍청하긴! 진작 그렇게 나왔어야지!"
두 남자가 힘을 합치자 상황은 급격하게 기울기 시작했다.

　　[알림 : 특성 '협의'가 반응하고 있습니다.]
　　[스킬 : '저스티스 스트라이크'.]
　　[정보 : 스스로 의로움을 행하고 있다고 판단하는 경우, 전투력이
급격히 향상됩니다.]

　　채윤기는 수사관답게 '협의' 특성 또한 가지고 있었는데,
이는 지금과 같은 상황에서 특수한 효력을 발휘했다.
　　위험 집단으로 간주되는 신인류를 상대하며 50% 이상 향
상된 전투력을 선보일 수 있었던 것이다.

그리고 그 효과는 금세 드러났다.

"아악!"

옆구리부터 허벅지까지 길게 베인 고미정 마크3가 비명을 지르며 쓰러졌다.

전부 다 도륙하고 치워 버릴 기세였던 최원호를 대신하여 나서서 거둔 성과였다.

하지만 여자는 쓰러졌다가 곧바로 일어섰다.

"죽여어어어엇!"

"……!"

분명 일어나기 힘든 상처였는데 악귀 같은 괴성을 지르며 다시금 달려들고 있었다.

그 순간 해청이 공중을 갈랐다.

서걱!

끔찍한 절단음.

그리고 여전히 더운 기가 남은 피비린내에 채윤기는 못 박은 듯이 얼어붙고 말았다.

또 하나의 목이 떨어져 나갔다.

하지만 최원호는 돌아보지도 않고 고미정을 향해 달리고 있었다.

그는 오히려 잘됐다고 생각하고 있었다.

'아깐 채윤기 때문에 잠깐 집중력이 떨어져서 리듬을 놓쳤는데.'

이번엔 채윤기가 가담한 덕분에 다시 탄력이 붙었다.

할 수 있다.

'고미정을 벤다.'

저 남자만 남기고 전부 죽일 것이다.

누구 말마따나 살려 둘 필요가 없었으니까.

바로 그때였다.

[알림 : 특성 '야성'이 직관을 발휘하고 있습니다. '알 수 없는 위험'에 주의하십시오.]

갑자기 야성 특성이 위험을 알려왔다.

하지만 최원호는 잠시 눈가를 좁혔을 뿐 돌진하는 것을 멈추지는 않았다.

누군가를 죽이기 위해 달려드는 일은, 반대로 당할 위험을 감수해야 하는 일이었으니까.

야성의 경고는 단지 그런 위험을 의미한다고 생각하고 있었다.

하지만 다음 순간에는 그조차도 당황할 수밖에 없었다.

[안내 : 알 수 없는 이유로 게이트에 이상 변화가 일어나고 있습니다.]

"······뭐?"

"이, 이상 변화?"

창덕궁에 있던 '중세 좀비의 창궐지' 게이트에서 보았던 그 메시지가 또다시 모두에게 나타난 것이었다.

최원호와 최신우는 똑같은 생각을 떠올리고 있었다.

'말도 안 돼. 설마 또?'

그리고 남매의 설마는 그대로 적중하고 말았다.

[안내 : 게이트가 즉시 초기화됩니다.]

[안내 : 위험에 대비하십시오.]

"아니! 이런 미친! 뭔데, 이거!"

심지어 이번엔 60초의 말미조차 주지 않았다.

곧바로 시작된 초기화 현상은 지금까지 완료된 상태로 남아 있던 게이트 목표들을 거꾸로 되돌리기에 이르렀고······.

[알림 : 특별한 아티팩트 '빛나는 얼음 상자'가 복구되었습니다.]

[안내 : 환경에 영향을 미치는 아티팩트가 복구됨에 따라 게이트 내부 환경에 변화가 생깁니다.]

[안내 : 짙은 안개에 주의하여 게이트를 공략하십시오.]

츠스스스스······.

은백색의 자욱한 안개가 사위를 감싸기 시작했다.

불과 몇 미터 앞도 제대로 보이지 않을 만큼 지독한 연무였다.

"이런 빌어먹을!"

최원호는 다급히 고미정을 몰아쳤다.

이 여자를 넘어서야 저 신인류의 끄나풀을 확보할 수 있었으니까.

그러나 눈이 시뻘겋게 된 고미정은 조금도 물러서지 않았다.

오히려 기회를 잡은 듯했다.

저 안개 속으로 도망치는 신인류의 간부를 어떻게든 보호하겠다는 듯이.

서걱!

"크아악!"

여자는 팔을 모두 잃고도 몸통으로 막아서며 항전하고 있었다.

결국 쥐새끼는 순식간에 보이지 않게 되었다.

"……제기랄."

정말 간발의 차였는데 놓치고 말았다.

그것을 깨달은 최원호는 해청을 거두고 다른 권능을 펼쳤다.

[권능 : '음험한 개코원숭이의 밧줄'.]

[정보 : 포박된 대상이 분노할수록 밧줄은 단단해집니다.]

좌르륵!

피범벅이 된 채 발광하는 고미정의 몸통에 밧줄이 칭칭 휘감겼다.

완전한 광인이 된 헌터는 그렇게 제압되었다.

"……."

뒤로 돌아선 최원호는 잠시 침묵했다.

머릿속이 복잡했다.

하지만 싸움은 아직 끝나지 않았다.

그는 자신의 여동생과 차원통제청의 조사관, 방금 죽을 위기를 넘긴 블랙핑거의 클랜원들에게 이렇게 선언했다.

"다들 아공간 열어서 먹을 것부터 꺼내. 지금부터 장기전을 고려해야 하니까."

❧

"괜찮아요?"

"아, 응. 약간 울컥거리긴 하는데 괜찮아."

"윤미 언니는? 수진이도 이리 와 봐."

신우가 여헌터들의 상태를 살피고 있었다.

그리고 나는 쏟아 놓은 식료품들을 바라보며 생각에 잠겨 있었다.

　대형 지형 게이트로 분류되는 이 게이트는 물과 식량 문제부터 세심하게 통제하며 공략을 진행해야 하는 곳이었다.

　하지만 우린 공략을 염두에 두지 않았기 때문에 식량이 다소 모자란 상태였다.

　식수는 더더욱 그랬고.

　"……."

　골치가 아파 왔다.

　하지만 생각하기를 멈출 순 없었다.

　'자, 일단 상황을 다시 한번 정리해 보자.'

　이규란을 비롯한 블랙핑거의 임시 지도부는 신인류 패거리와 함께 이 게이트에 들어왔다.

　'채굴1팀장 고미정, 채굴2팀장 이주란, 채굴3팀장 조수경……'

　여기까지는 내가 아는 얼굴들이다.

　이주란과 조수경은 내가 고미정 마크2와 마크3라고 이름을 붙였던 그 여자들이었고.

　지금은 저기에 몸과 머리가 분리된 채 굴러다니고 있었다.

　고미정도 특별히 다른 상황은 아니었다.

　"크아아아악!"

　지혈이 되긴 했지만 여전히 이성을 찾지 못한 채로 몹시 처참한 몰골이 되어 밧줄에 묶여 있었다.

남자들 쪽이 진짜였다.

'하나는 무왕이라는 간부.'

그 키 큰 놈.

그리고 무왕에게 쩔쩔매다가 나에게 팔이 하나 잘린 채 안개 속으로 도망친 쥐새끼.

두 남자가 신인류의 실체를 밝힐 실마리였다.

'그런데 확보하지 못했어.'

무왕이야 당장 상대하지 못할 듯해서 일부러 피한 셈이었지만, 쥐새끼 쪽은 잡으려고 했는데 놓치고 말았다.

충분히 가능했고, 기회가 있었는데 번번이 흐름이 끊기면서 실패한 것이다.

나는 그 화풀이를 채윤기에게 쏟아 내고 있었다.

"참 내, 타이밍도 못 맞추고."

"……."

"1인분도 못하고."

"……."

"심지어 비상식량도 없냐? 하여간 공무원 헌터들이란……. 나가면 공직 기강 해이하다고 민원 넣어야지. 악성 민원으로 참교육 좀 당해 봐라."

"아니, 내가 그걸 어떻게 알고 들어와? 그리고 1인분이라니! 아까 내 팔을 부러뜨린 게 누군데!"

"응? 무슨 일이 있었던가? 기억이 나질 않는데?"

"와, 뭐 이런 자식이 다 있지?"

"크크크."

왠지 괴롭히고 싶게 생긴 녀석이다.

이름에서 윤수가 생각나기도 하고.

목에 건 공무원증을 보면 영하 누나 생각이 나서 더 그런 것 같기도 하고.

'부모님 생각도 나고.'

아냐, 이건 생각하지 말자.

"……."

어쨌든 다시 본론으로 돌아와서.

쥐새끼가 도망칠 빌미가 된 것은 게이트 초기화 현상이었다.

안개가 없었다면 고미정을 베어 넘기든 밧줄로 묶든, 처치한 다음에 놈을 쫓아가기만 하면 되는 일이었다.

하지만 안개가 되살아나면서 추적이 어려워졌다.

'이건 보통 안개가 아니야.'

헌터의 인식을 저해해서 길을 잃게 만드는 마법이 걸린 안개 미로였다.

그 덕분에 상황은 복잡해졌고 내 머릿속은 더욱 그러했다.

아마 신우도 마찬가지겠지.

지금 이 상황을 쉽게 받아들일 수 있다면 그게 더 이상했다.

'이상하잖아. 그렇잖아도 드문 게이트 이상 현상 중에서도 하필 초기화를 또 만나다니.'

정말로 이런 확률이 가능하다고?

〈유혹하는 라미아의 안개 호수〉

[게이트] 호수의 지배자 라미아는 간절한 마음으로 당신을 기다리고 있습니다. 그러나 현혹되지 마십시오. 그녀는 당신을 위해 죽음을 준비했으니까요.

등급 : C등급

미션 :

1. 특별한 아티팩트 '빛나는 얼음 상자'를 회수하십시오.

2. 미니 보스 '눈먼 나가 괴물'을 제거하십시오.

3. 게이트 보스 '은백색 라미아 여왕'을 제거하십시오.

현재 상태 : 공략을 기다리고 있습니다. 남은 시간은 30일 23시간 44분입니다.

[안내 : 최선을 다해 미션을 달성하십시오.]

[정보 : 모든 인원이 게이트에서 퇴장할 때까지 외부에서의 진입이 차단됩니다.]

나는 게이트의 정보를 드러낸 메시지들을 읽으며 고개를 저었다.

'절대 우연일 리 없어.'

대체 어떻게 이런 일이 가능한지는 모르겠지만, 분명 어떤 의도나 원리가 숨어 있다는 예감이 강하게 들었다.

그리고 그 예감이 가리키는 대상은 바로 '나'였다.

내가 이 게이트에 들어왔기 때문에 어떤 작용이 일어나서 초기화 현상이 생겼다는 의심이었다.

그게 아니라면 이 상황을 설명하는 것은 불가능했다.

'지금으로써는 모를 일이지만 말이야.'

하나 희소식인 것은 게이트가 초기화되어 미션들이 부활했으니 게이트 출구도 막혔으리라는 점이었다.

그러니 쥐새끼도 바깥으로 나가지 못한다는 것.

놈도 어쩔 수 없이 이 게이트를 공략하는 것에 참여해야 한다.

'그게 게이트의 섭리니까.'

나는 이 상황을 이용해서 쥐새끼를 잡아낼 계획을 세우고 있었다.

바로 그때.

"수, 수현 씨……!"

꽁꽁 묶인 채 발작만 일으키던 고미정으로부터 미약한 목소리가 흘러나왔다.

"나, 나 좀 풀어 줘. 수현 씨……."

고미정은 만신창이가 된 채로 중얼거리고 있었다.

쥐새끼의 지배력이 약화되었다는 증거였다.

하지만 나는 밧줄의 권능을 거두지 않았다.

오히려 여자의 상태를 살피며 신우에게 손짓했다.

"혹시 모르니까 방어벽 만들 준비해."

"알았어."

그러자 다른 헌터들의 얼굴에 긴장감이 서렸다.

채윤기가 눈을 가늘게 뜨며 나에게 물었다.

"방어벽이라니? 폭발이라도 한다는 건가?"

글쎄.

"모르지. 내가 결정할 수 있는 문제가 아니니까."

사실 쥐새끼 같은 그놈이 안개 속으로 도망친 뒤, 나는 고미정을 묶고 있는 지배력에 대해 나름대로 열심히 살펴보았다.

심혁필에게 지배당했던 다른 여자들처럼 그 지배력을 파훼할 방법이 있을지도 모른다고 생각했었으니까.

하지만 결과적으로 방법은 없었다.

'이건 피의 지배가 아니야.'

어제 고미정의 집에서도 잠깐 확인했던 부분.

고미정에게 걸린 것은 심혁필이 사용하던 그 스킬과는 전혀 다르게 작동하는 기술이었다.

장유민을 비롯한 다섯 사람이 당했던 '피의 지배' 스킬이 피지배자에게 일정한 의식을 남겨 놓고, 가장 결정적인 부분에만 힘을 심어서 조종하는 방식이었다면…….

고미정의 경우엔 피지배자의 모든 의식을 일시적으로 날려 버리고, 그 체계를 원격으로 완전히 장악해서 원하는 대로 움직이게 하는 '인형술'에 걸린 것에 가까웠다.

'뭐가 다른가 싶을 수도 있지만 차이가 상당히 커.'

전자는 악성코드나 바이러스가 걸린 컴퓨터와 비슷한 상태라고 할 수 있다.

그러나 후자는 컴퓨터를 다루는 사람이 일시적으로 뒤바뀌어 버린 것과도 같았다.

이런 경우라면…….

"나 좀 풀어 줘! 수현 씨! 아깐 내가 그 사람들에게 정신 지배를 당해서! 그, 그래서 어떻게 됐었던 거야! 이제 괜찮아! 정말로!"

"……."

"제발 부탁이야. 여기! 당신한테 팔이 잘린 부분이 너무 아파서 그래. 여기 회복약이라도 바르게 해 줘. 이렇게 애원할게!"

안타깝지만 지금 이 인격의 정체가 무엇인지 확인할 수기 없었다.

어쩌면 확인하는 것 자체가 무의미한 일일지도 모르겠다.

'육체를 자유롭게 풀어 주면 그 즉시 돌변할 가능성이 크니까.'

결론적으로 고미정을 풀어 주는 것은 불가능하다는 것이다.

하지만 얻어 낼 것은 얻어 내야 하는 상황.

"의심스러운 부분 몇 가지를 확인하고 풀어 줄게."

나는 거짓말을 하기로 했다.

[알림 : 특성 '야성'이 반응하고 있습니다.]

일단 보름달 여우의 권능을 개시하며 고미정에게 다가섰다.

여자는 입가를 파르르 떨며 소리쳤다.

"의, 의심스러운 부분? 아, 그래! 그럴 수도 있겠지! 뭔데?
다 이야기할게! 내가 아는 건 뭐든지!"

그래? 그렇다면…….

"당신도 신인류야?"

"응? 뭐라고? 무슨 류?"

"신인류. '뉴타입'이라고도 하던데?"

나는 여자의 눈을 노려보며 또박또박 물었다.

그러자 고미정의 표정에 살짝 균열이 일어났다.

아주 짧은 순간이지만 고민이 스쳐 가는 표정이었다.

다음 순간, 그녀가 택한 것은 발뺌이었다.

"신인류라니? 그게 뭐야? 난 무슨 말인지 모르겠는데?"

그러나 정신 파동은 그렇지 않았다.

―이 자식이 대체 어디까지 알고 있는 거지?

　선명한 적의와 함께 진실을 은폐하겠다는 의도가 흘러나오고 있었다.

　나는 일부러 빙긋 웃어 주었다.

　"모른 척하시겠다?"

　"저, 정말이라고!"

　"확실히 거짓말이군."

　"……?"

　그때 나와 고미정 사이로 끼어든 것은 채윤기였다.

　"백수현, 이건 내 전공이니까 나에게 맡겨라."

　"굳이?"

　"아까 1인분 하라며?"

　"안 그래도 돼. 그냥 무능한 채로 남아 있어."

　"저리 비켜."

　내 앞을 가로막은 수사관은 고미정을 향해 무미건조한 목소리로 조사를 시작했다.

　"나는 차원통제청 조사국 소속 채윤기다. 지금부터 내가 묻는 말에 '예' 또는 '아니오'로만 말한다. 불리한 진술은 거부할 수 있지만 그리 추천하진 않겠어."

　이번엔 고미정의 표정에 깊은 당황이 스쳤다.

　그에 반해 채윤기는 무감정하고도 사무적인 어조로 질문

을 쏟아 내기 시작했다.

"아까 그 남자와는 원래 면식이 있는 관계인가?"

"아, 아니야! 그냥 경쟁 대결을 위해서 잠시 협력하기로 했던 거야!"

"거짓말이군. 원래 면식이 있다는 거고. 그렇다면 상하 관계인가? 그자가 상급자인가?"

"아니라고!"

"아닌 게 아니라면 상급자가 맞다는 의미로군. 그럼 신인류라는 단체에 가담한 지는 얼마나 되었지? 6개월 이상 되었나?"

"아니라니까! 이 미친 새끼야!"

"그래. 6개월 이상은 아니로군."

'어라? 이 자식 봐라?'

잠시 대화를 듣고 있던 나는 비로소 채윤기가 무엇을 하고 있는지 깨달았다.

아마도 관조 특성인 듯했다.

현상의 이면을 읽어 낸다는 점에서 통찰 특성과 비슷한데, 지금과 같이 적대적인 상대와 대화할 때 활용도가 급격하게 올라가는 속성이었다.

'구관조 수인들이 애용하는 특성이었지.'

극한에 도달하면 단지 눈을 쳐다보는 것만으로 상대의 속내를 읽어 내기도 했다.

하지만 채윤기가 벌써 그 정도일 리는 없고.

"그렇다면 신인류에 자의로 가담한 것인가?"

"자, 자의라기보다는 그게……."

"말했을 텐데? '예' 또는 '아니오'로만 대답하라고."

"절대 자의는 아니었어!"

"또 거짓말이군."

"……!"

아마도 상대가 발언하는 것의 진위 여부만 판독하는 모양이다.

'이런 능력을 가진 사람을 상대로는 그냥 묵비권을 행사하는 게 장땡이지만.'

안타깝게도 지금 고미정은 그럴 수 있는 처지가 아니었다.

"수현 씨, 제발! 나 절대 거짓말쟁이 아니야! 이것 좀 풀어 줘! 아파서 죽을 것 같다고! 지금 너무 어지러워. 나 여자야! 이렇게 묶어 놓으면 안 되지!"

계속해서 거짓말이 발각되었음에 불구하고 떠들기를 멈추지 않았다.

어떻게든 나에게 결백을 주장하고 동정심을 자극해 그 포박에서 풀려나야만 했으니까.

꽤 혼란스럽고도 흥미로운 상황이다.

어쨌거나.

"됐어, 철밥통. 이제 비켜 봐."

"이봐, 백수현. 그 여자는……."

내가 다시 앞으로 나서자 채윤기가 인상을 찌푸렸다.

하지만 나는 그 어깨를 툭툭 건드리며 씩 웃어 줬다.

"1인분은 충분했어, 채 씨."

그러자 채윤기는 표정이 미묘하게 변하더니 '젠장, 노가다판도 아니고 채 씨가 뭐야?'라며 중얼거리면서 뒤로 물러섰다.

그래도 입꼬리가 살짝 올라가는 것을 보니 1인분을 했다는 평가가 마음에 들긴 했나 보다.

한편 고미정은 몸부림치며 나에게 호소하고 있었다.

"수현 씨는 나 믿지? 내가 수현 씨한테 라이선스도 만들어 줬잖아! 제발 살려 달라고!"

여기까지 왔으면 그런 라이선스 따위는 그저 요식행위에 불과했음을 눈치채고도 남을 텐데.

궁지에 몰릴 대로 몰린 여자는 아무 말이나 나오는 대로 지껄이고 있었다.

나는 그녀에게 딱 하나만 물어볼 작정이었다.

"그 쥐새끼 누구야? 그것만 말해. 그럼 풀어 줄 수도 있으니까."

이건 거짓이 아니다.

그리고 '예' 또는 '아니오'로 답할 수 있는 질문이 아니었다.

하지만 가장 결정적인 물음이기도 했다.

'만약 그자가 고미정에게서 완전히 손을 뗐다면 뭔가 의미

있는 대답을 줄 수 있을 테고.'

반대로 여전히 고미정의 눈을 통해 이곳의 상황을 주시하고 있다면 그녀가 대답하지 못하도록 만들 터.

과연 어느 쪽일까?

"……."

"말해."

흔들리는 눈동자.

나는 등 뒤로 손을 감추는 것과 함께 모든 마력과 퓨리에너지를 긁어모아 여우의 눈을 최대한으로 전개하기 시작했고…….

ㅡ씨×! 씨×! 씨×! 그날 심혁필의 저택에 찾아가는 게 아니었어! 그냥 저년들을 치워 버릴 힘만 달라고 했는데! 어째서 이렇게 꼬인 거지? 여기서 벗어나기만 하면 그 쥐 대가리부터 죽여 버리겠어! 아니! 전부 다 죽여 버릴 거야!

격렬하고도 폭력적인 생각들을 읽어 낼 수 있었다.

그리고 고미정의 입이 열렸다.

"내, 내가! 자, 잘은 몰라! 그치만 그 남자가……."

동시에 여자의 머릿속으로 몇 가지 쓸 만한 정보들이 떠오르고 있었다.

날카로운 섬광과 폭음이 치솟은 것은 바로 그때였다.

콰앙-!

마치 피와 고기로 만든 수류탄이 폭발한 것처럼 보였다.

흙과 함께 솟구친 살점과 핏덩어리들이 피가 되어 후두둑 떨어졌다.

물론 예상했던 일이었고.

신우가 펼치고 있던 보호막이 순간적으로 출력을 올려 방어력을 증강한 덕분에 그것을 뒤집어쓰는 일은 없었다.

"허……."

하지만 눈앞에서 떠들던 사람이 폭발한 광경에 채윤기는 당황했는지 멍하니 얼어붙어 있었다.

"흠, 순간 출력이 제법 셌어. 그 남자도 마도 특성에 몰빵한 놈이라고 봐야겠는데?"

신우도 태연하게 말하고 있었지만 눈동자가 잘게 흔들리고 있었다.

다섯 헌터들 역시 비슷했다.

"……."

"……."

내가 등 뒤에서 손가락을 움직여 폭발 타이밍을 일러 주었음에도 불구하고 그들은 적잖은 충격을 받은 얼굴이었다.

이해한다.

어쩔 수 없는 일이었다.

신우를 비롯한 여헌터들에게 고미정은 악질 상사였지만

그래도 같은 직장을 다니며 오래 보았던 사람이다.

그런 이가 이렇게나 비참한 최후를 맞이했으니 충격을 받지 않는다면 그도 이상한 일이었다.

나도 뒷맛이 좋지 않기는 마찬가지였다.

무엇보다도…….

'그 자식, 역시 이쪽을 지켜보고 있었어.'

앞서 안개가 펼쳐지기 시작했을 때쯤, 그 쥐 대가리는 나에 대한 공세를 늦추고 고미정을 향해 무언가 마력을 행사했다.

뭔가 마법을 건 것이다.

나는 그때부터 고미정이 자폭할 가능성을 염두에 두고 있었다.

역시나 예측은 맞아떨어졌고, 고미정은 입을 열기 전에 강제로 폭발당하고 말았다.

하지만 늦었다.

내가 이미 대강의 정보를 읽어 낸 뒤였으니까.

입 밖으로 나오는 말보다 머릿속의 생각이 빠른 것은 지극히 당연한 이치였다.

'……그 탓에 마나와 퓨리 에너지를 죄다 써 버렸지만.'

회복하기 위해서는 시간이 좀 필요했다.

먹을 것도 좀 필요했고.

쌓아 둔 식량 중에서 녹차 쿠키 꾸러미를 집어 든 나는 헌터들의 눈빛이 돌아오기를 기다렸다가 손짓했다.

"지금부터 팀을 쪼개서 움직일 거야. 일주일 정도 걸릴 테니까 각오들 해."

수하들에게 '무왕'이라고 불리는 남자는 긴 다리를 움직여 게이트로부터 터벅터벅 걸어 나왔다.

그러자 시선들이 모아졌다.

"어? 헌터님? 왜 혼자 나오십니까?"

"다른 팀원들은요?"

이 나라의 정부가 파견한 게이트 통제관들과 어디에나 있는 게이트 전문 기자들이다.

다양한 감정이 담긴 눈빛에 남자는 인상을 찌푸렸다.

'귀찮은 것들.'

그냥 다 죽여 없애 버리고 싶었지만 아직은 그럴 수 없었다.

그렇잖아도 추격이 점점 집요해지는 마당에 괜한 일을 벌였다가는 문책을 피할 수 없었으니까.

그 때문에 남자는 그저 날파리들을 쫓아내듯 손을 내저었다.

"……?"

"……!"

그제야 뭔가 알아챈 사람들의 눈빛이 조금 변했다.

눈앞의 이 남자가 보통의 회사원 헌터들과는 다르다는 것을 깨달은 것이다.

'주무관님, 용병인 것 같은데요?'

'그러게. 엮이지 말자.'

왕왕 이런 인물들과 마주치곤 한다.

일정한 소속을 가지고 직장인으로서 활동하는 헌터들이 있다면.

클랜에 소속되지 않고 그때그때 옮겨 다니며 홀로 활동하는 프리랜서들도 있다.

용병이라는 족속이었다.

전 세계를 무대로 떠도는 이들은 공무원들에게 비협조적인 태도로 정평이 나 있기도 했다.

어지간한 실력이 있지 않고서는 성립하기 어려운 활동 양식이니, 최소 SR급 이상의 강자들만이 이렇게 움직인다고 알려져 있었다.

그리고 그 정도의 인물들은 말단 공무원들이 가장 상대하고 싶지 않은 껄끄러운 존재에 속했다.

"고생하셨습니다, 헌터님."

"조심히 가세요. 차 조심하시고요."

재빠르게 태도를 정리한 통제관들이 키 큰 남자를 배웅했다.

어차피 받아쓸 것이 없었던 기자들은 딴청을 피워댔다.

그들은 보이지 않게 한숨을 내쉬며 눈짓을 주고받았다.

먹고살기 참 힘들다는 의미.

검은색 세단에 긴 다리를 올린 남자가 현장을 떠나고 잠
시 뒤.

"……응?"

"뭐지?"

불현듯 게이트로부터 무언가 이상한 감각을 느낀 공무원
들이 눈을 껌뻑였다.

[안내 : 지금은 입장할 수 없습니다.]

이상한 메시지가 떠올랐다.

멍하니 머리를 긁적이던 통제관들의 눈동자가 서서히 커
졌다.

뒤늦게 의미를 알아차린 것이다.

"이, 이상 현상입니다!"

"씨×럴, 완전 똥 밟았네. 어서 본부에 전화 넣어!"

특종의 냄새를 맡은 기자들의 펜대 역시 바쁘게 움직이기
시작했다.

[뉴스 오브 헌터] 〈속보〉 용인 '라미아 호수' 게이트에서 이상 현
상 감지.

[오늘의 공략] 블랙핑거 클랜, 용인 게이트에 진입하자 '시스템
경고' 발생…… 당국 조사 중

차원통제청장 김서옥은 아주 오랜만에 옛 친구를 만나서 함께 식사를 하던 중이었다.

그런데 유광명 대변인으로부터 전화가 걸려왔다.

손님이 있는 자리였기에 두 번은 무시했지만, 세 번째가 되자 받을 수밖에 없었다.

그리고 전해 들은 소식은 당혹스러웠다.

"그게 무슨 말이죠? 이상 현상이 또 일어났다니? 10분 전에 그렇게 됐다고요?"

김서옥은 입에 남은 초밥이 상하기라도 한 것처럼 미간을 팍 찌푸렸다.

하지만 수화기 너머에서 유광명이 꺼낸 이야기는 바뀌지 않았다.

용인의 C등급 게이트 '유혹하는 라미아의 안개 호수'가 이상 현상을 일으켜 출입이 막혔다는 이야기였다.

얼마 전 창덕궁의 좀비 게이트가 그랬던 것처럼 말이다.

이렇게 짧은 기간 내에 이상 현상이 두 번이나 벌어지다니.

1년에 한 번 벌어질까 말까 하는 일인데 며칠이나 됐다고 또 이럴 수가 있나?

'……설마 이번에도 게이트 초기화는 아니겠지?'

아냐, 아닐 것이다.

김서옥은 게이트 지형 변경이나 보스 부활, 미션 추가 정도를 예상했다.

게이트 초기화는 언론이 대서특필할 만큼 극도로 희소한 확률이었으니까.

그렇잖아도 용인의 라미아 게이트는 마력석이 고갈된 것으로 평가되고 있다.

예상한 대로 된다면 보상이나 마력석을 더 확보할 가능성이 생기니 마냥 나쁜 일은 아니었다.

"알겠어요. 그래서 대처는 어떻게 됐나요? 현장에 우리 요원은 파견됐습니까?"

그런데 조금 묘한 대답이 돌아왔다.

-예, 조사국에서 채윤기 과장을 보낸 상태라고 합니다.

"……채윤기 과장? 조사국?"

김서옥 청장은 이내 이상함을 깨닫고 되물었다.

"잠깐만, 이건 안전 감독 업무인데 왜 조사국이 나선 거죠? 긴급안전국에서 해야 할 일이지 않습니까?"

-그게…….

청장의 날카로운 지적에 잠시 머뭇거리는 유광명 보좌관.

-사실은 채윤기 과장이 다른 업무를 하기 위해서 해당 게이트에 잠복하고 있었다고 합니다. 그런데 그 게이트가 이상 현상을 일으킨 상황입니다. 우연의 일치였습니다.

"아니, 그렇다면……."

-예, 채윤기 과장도 게이트 안에 갇혀 있습니다. 아직 언론 보도는 안 됐습니다만.

"허, 이런. 세상에······."

-현장에 상주하는 기자들에게 엠바고를 요청해서 일단은 막아 뒀습니다. 하지만 길어야 24시간입니다.

"······."

'젠장.'

김서옥은 함께 앉은 이에게 눈짓으로 미안함을 표시하며 통화를 이어 갔다.

딱 한 가지만 더 알아 둘 작정이었다.

"그럼 채 과장이 그 게이트에 잠복해 있었던 이유는 뭡니까? 수사 대상에 대해 조사국장에게 보고는 했겠지요?"

그러자 전화 너머의 유광명이 또 한 번 침묵하는 것이 느껴졌다.

김서옥은 알 수 없이 조급해졌다.

"최 대변인?"

결국 남자의 목소리가 한숨과 함께 대답을 내놓았다.

-청장님께서 일전에 텔레파시로만 언급하라고 하셨습니다만 지금은 그럴 수가 없군요.

"예? 그 말씀은?"

-채 과장이 '신인류'에 대한 첩보를 입수했다는 보고를 올렸습니다.

"……!"

-대체 어떻게 정보를 입수했는지 모르겠습니다만 아무튼 그들의 뒤를 쫓기 위해서 게이트에 들어간 모양입니다. 특임국에서 협조를 해 준 것도 아닌데 말입니다.

"……."

유광명의 말에 김서옥은 할 말을 잊고 생각에 빠져들었다.

게이트의 이상 현상.

신인류.

두 개의 키워드가 머릿속에서 강하게 맞물리는 듯한 느낌이었으니까.

김서옥만 그런 것이 아니었다.

-청장님, 특임국 헌터들을 파견할까요?

유광명이 그녀의 머릿속이라도 들여다본 것처럼 이야기하고 있었다.

현재 차원통제청 내에서 신인류 조직을 뒤쫓는 작업을 전담하는 것은 특수임무국의 역할이다.

그러니 그들을 현장에 보내서 신인류를 추격하는 일에 대비하자는 이야기였다.

하지만 쉽게 결정할 수 있는 문제가 아니기도 했다.

'이상 현상이 나타난 것 때문에 이목이 쏠려 있으니 비밀리에 움직이는 건 글러먹은 셈이지.'

특수임무국 소속 헌터들은 게이트 테러리스트를 상대하기

위해 선별된 인원들로서 대인전에 특화된 능력과 무장을 갖춘 강력한 전력이었다.

평범한 공무원 헌터들과는 완전히 다른 모습에다 적지 않은 인원이 한꺼번에 투입될 수밖에 없었다.

즉, 특임국 헌터들이 용인 게이트에 등장하는 순간부터 더 많은 시선이 쏟아지게 될 것은 자명했다.

'그러면 머잖아 신인류에 대한 보도 자료도 만들어야 하겠지.'

아직 그들의 실체를 정확히 파악하지도 못했는데 말이다.

"……미치겠네."

─그래도 제가 최대한 막아 보겠습니다. 기자들 입 막으려고 제가 월급 받는 것 아니겠습니까? 하하하!

유광명은 호탕하게 웃었다.

하지만 김서옥 청장은 잠시 생각 끝에 고개를 저었다.

"아니에요. 특임국 헌터들은 만약을 위해 출동 대기만 시키세요. 언론에도 모른 척하고요. 언젠가는 넘어야 할 산이겠지만, 오늘은 아닙니다."

─그럼 어떻게 대처하실 생각입니까?

"제가 알아서 할 테니 대변인께선 언론 대응에만 힘써 주세요."

그렇게 김서옥은 유광명과의 통화를 마쳤다.

그때 청장의 옛 친구는 의미심장한 미소를 짓고 있었다.

"서옥, 무슨 문제라도 생긴 모양이지?"

역시 눈치가 빠른 남자다.

김서옥은 백발의 노(老)헌터를 향해 제안했다.

"아이언팩토리에서 대신 나서 주면 좋겠어. 가능하겠지?"

그러자 노년의 신사는 너털웃음을 지으면서도 형형한 눈빛을 번쩍였다.

"허허허, 물론이지. 적당한 대가만 받을 수 있다면 말이야. 나야 원래부터 그런 인간 아닌가?"

김주석.

대한민국 레이드 클랜 7위에 해당하는 '아이언팩토리'의 수장.

지구로 돌아온 최원호에게 무자비하게 당한 김자형의 아버지이자, 한국 랭킹 5위의 SSR급 헌터였다.

"지금 당장 용인으로 헌터들을 출동시켜 주면 좋겠어. 명목은 게이트 내부의 자원 회수라고 해 두고……."

김주석은 청장의 설명을 금세 알아들었다.

"출구를 봉쇄하고 있으라는 이야기로군. 그나저나 그 게이트에 갇힌 헌터들이 블랙핑거라는 스캐빈저 클랜이라고?"

"맞아. 그건 왜?"

"음, 내 못난 아들놈이 관심을 두던 여자아이가 거기에 소속되어 있다는 게 떠올라서 말이야. 그 녀석이 꽤나 좋아하겠군."

김주석은 느긋하게 웃으며 스마트폰을 집어 들었다.

그리고 30분 뒤.

"······여기가 그 라미아 게이트인가?"

아이언팩토리의 헌터 일곱 사람이 라미아 게이트 앞에 집결했다.

"뭐야? 아이언팩토리잖아!"

"오, 김주석 마스터의 아들도 왔는데?"

기자들의 카메라 플래시가 폭죽처럼 터지는 것은 당연한 일이었다.

헌터들은 그것을 느긋하게 즐기며 게이트를 바라보았다.

그리고 그런 헌터들 가운데 특히 서늘한 눈빛을 번쩍이고 있는 이가 있었으니.

"······."

바로 두 손목에 붕대를 감은 김자형이었다.

───

〈유혹하는 라미아의 안개 호수〉

[게이트] 호수의 지배자 라미아는 간절한 마음으로 당신을 기다리고 있습니다. 그러나 현혹되지 마십시오. 그녀는 당신을 위해 죽음을 준비했으니까요.

등급 : C등급

미션 :

1. 특별한 아티팩트 '빛나는 얼음 상자'를 회수하십시오.

2. 미니 보스 '눈먼 나가 괴물'을 제거하십시오.

3. 게이트 보스 '은백색 라미아 여왕'을 제거하십시오.

현재 상태 : 공략을 기다리고 있습니다. 남은 시간은 30일 11시간 9분입니다.

내 최우선 목표는 안개를 지우는 것이었다.

사실 그럴 수밖에 없었다.

'안개를 지우지 않으면 어떤 몬스터도 나타나지 않으니까.'

미니 보스와 최종 보스 역시 마찬가지.

무조건 안개를 지워야만 게이트 공략을 시작할 수 있는 것이나 마찬가지였다.

[정보 : 특별한 아티팩트 '빛나는 얼음 상자'는 게이트의 자연 환경에 영향을 끼칩니다.]

[안내 : 아티팩트를 찾으면 안개를 없앨 수 있습니다.]

한 가지 안타까운 것은 빛나는 얼음 상자가 어디에 있는지는 나도 모른다는 점이다.

꽤나 눈에 띄는 외견의 아이템이지만 위치는 무작위로 결정되기 때문이다.

심지어 이 게이트는 더럽게 넓은 데다 여러 개의 크고 작은 호수들 때문에 동선도 썩 좋지 않았다.

하지만 다행스러운 것은 내가 아이템이 등장하는 조건에 대해서는 잘 알고 있다는 점이었다.

'호수 근처에 마력이 집중되는 곳일 거야.'

사실 이건 당연한 지점이었다.

안개를 만드는 아이템이니 물 근처에 있는 게 자연스러울 수밖에.

그러므로 전략은 자연스럽게 세워졌다.

호수를 차례차례 탐색하는 동시에 그 쥐 대가리의 움직임을 뒤쫓는 것이었다.

일단 우린 여덟 명이다.

원래라면 일곱 명이어야 했지만 공무원 헌터 한 사람이 더 합류한 덕분에 여덟 명이 되었다.

"내가 공략이라니……."

채윤기는 세상 오래 살고 볼 일이라는 표정을 짓고 있었다.

특수한 경우가 아니라면 공무원들은 게이트를 공략할 일은 없었으니까.

왠지 괴롭히고 싶어졌지만 참아 준다.

어쨌거나 여덟 명은 네 명씩 두 개의 팀으로 나누었다.

A팀에는 나, 채윤기, 장유민, 성수진을.

B팀은 신우, 이규란, 도승아, 김윤미로.

우선 내가 이끄는 A팀이 최대한 빠르게 경로를 훑으며 달리면, 신우의 B팀이 자세히 흔적을 조사하며 따라오는 식이었다.

속도를 맞추기 위해서 A팀이 중간중간 멈춰 설 텐데 그때가 휴식 타임이었다.

이렇게 조를 짠 이유는 세 가지.

첫 번째는 그 쥐새끼가 기습을 해 오는 경우에 내가 직접 받아치기 위해서였다.

다른 헌터들은 그만한 역량이 되지 않았다.

'괜히 선두를 맡겼다가 피를 볼 확률이 크지.'

두 번째로 신우가 트랩을 확인할 시간이 필요했다.

놈이 감지 트랩을 건드렸을 땐 즉시 알람이 뜰 것이다.

앞서 무왕이 게이트 출구로 나가는 것을 읽어 낸 것처럼 말이다.

하지만 감지 트랩이 아닌 공격 트랩을 건드린 경우에는 알람이 뜨지 않았다.

그저 공격이 발사되었다는 흔적만 남을 뿐이다.

신우는 그것을 확인하며 쥐새끼의 경로를 추적하는 임무를 맡고 있었다.

그리고 마지막 세 번째.

사실 어떻게 보면 이게 제일 중요한 문제였는데…….

'채윤기와 신우를 붙여 두면 안 돼.'

멀끔하게 생긴 엘리트 공무원을 상대로 여동생을 단속시키겠다는 게 아니다.

채윤기는 관조 특성을 가지고 있다.

상대가 이야기하는 내용의 진위를 꿰뚫어 보는 힘.

아신 특성만큼은 아니지만, 관조 역시 매우 희귀한 특성이었다.

그 때문에 그 위력을 제대로 아는 이가 많지 않은 능력이기도 했다.

'한국에도 대여섯 명쯤 있으려나?'

워낙 희귀한 힘이다 보니, 채윤기는 내가 보는 앞에서 능력을 펑펑 써 대고도 특성의 정체를 들켰으리라는 생각조차 하지 않는 듯했다.

그냥 표정을 보면 알 수 있다는 식으로 두루뭉술하게 넘어가려고 했다.

그렇다면 오히려 내 발언을 판독하지 못하는 상황을 의아하게 생각하고 있을 확률이 높았다.

이런 상황에서 신우에게 정신 방벽을 최대한으로 올려서 거짓말이 새어 나가지 않게 만드는 것은 그리 좋은 선택이 아니었다.

'가진 역량 이상으로 정신 방벽을 올리게 되면 마력 소모도 너무 심해지고 말이야.'

차라리 두 사람을 떼어 놓고 이야기를 나눌 일이 없게 만드는 쪽이 최선이라는 판단이었다.

다행스럽게도 헌터들은 나의 구상에 이의를 제기하지 않았다.

채윤기 역시 마찬가지였다.

거꾸로 만족스러운 기색이었다.

"오크 게이트에서 백수현 씨를 처음 만났을 땐 저희 다섯 사람 모두 신인류의 권속인 상태였어요. 마스터 헌터였던 심혁필이 피의 지배라는 스킬을 사용해서……."

"음, 피의 지배라……."

휴식 시간이 오기만 하면 함께 A팀을 이룬 장유민이 쉴 새 없이 떠들어 대는 덕분이었다.

장유민과 비슷한 연배로 보이는 성수진이 가끔 설명을 거들었고, 채윤기는 정신없이 그것을 받아쓰기만 하면 되는 일이었다.

아마 저 눈앞에서는 시스템 메시지가 번쩍거리고 있을 것이다.

'상대가 진실을 말하고 있습니다!' 같은 식으로.

여헌터들은 거짓말을 할 필요가 없었으니 채윤기가 전적으로 신뢰하는 것은 지극히 당연한 일이었다.

이윽고 신우와 B팀이 휴식 장소에 나타났다.

"……."

채윤기가 여헌터들과 떠들고 있는 것을 슬쩍 살핀 신우는 나에게 짧게 속삭였다.

"찾았어. 이 주변이야."

"뭐가?"

"그 쥐새끼같이 생긴 남자. 이 근처에 있다고."

놈이 여기 있다고?

"확실해?"

"확실해. 공격 트랩을 건드려서 흔적을 남겼는데 30분도 되지 않은 거야. 억지로 수습하긴 했지만 발자국도 찾아냈고."

신우가 확신에 차서 말하는 것을 보니 놈이 정말 가까이 있는 듯했다.

……무왕의 끄나풀이면서 세 명의 채굴팀장들을 동시에 조종하던 쥐 대가리.

Soul_Sword.

'영검.'

이것이 놈의 콜네임이었다.

어울리지 않게 멋을 부린 콜네임도 콜네임이었지만…….

'그보다 소속이 더 놀라웠지. 그놈이 블랙나이트 클랜원이 었다니. 미친 거 아냐?'

청담동에 클랜 하우스를 둔 '블랙나이트'는 3대 클랜 다음으로 손꼽히는 대형 클랜 중 하나였다.

그리고 놀랍게도, 놈은 블랙나이트에 정규 소속된 2군 헌터인 동시에 신인류의 행동책을 맡고 있었던 것이다.

'저주 계열 마법에 능하고 공수 양면에 모두 준수한 R1급 헌터. 레벨은 40 후반 정도로 예측된다…….'

여기까지 모두 고미정의 머릿속에서 끄집어낸 정보였다.

고 팀장이 놈에 대해 이렇게나 잘 알고 있는 것 역시 꽤나 놀라운 일이었다.

하지만 알고 보면 당연한 것이기도 했다.

정확히 언제부터 이중 신분을 가지게 되었는지는 모르겠지만, 그 쥐 대가리 놈은 블랙나이트에서 루키부터 성장한 '홈그로운 헌터'였다.

특히 심혁필이 거느린 블랙핑거 클랜에 채굴 하청을 맡기는 업무 담당자이기도 했다.

그러니 둘은 이미 몇 번이나 마주친 적이 있는 사이였고, 고미정은 어둠 속에서도 쥐 대가리의 얼굴을 어렵지 않게 알아볼 수 있었던 것이다.

'그것도 어찌 보면 불운이지.'

……심혁필이 죽은 그날.

고미정은 뭐라도 하나 챙기겠다는 마음으로 그의 저택을 찾았다가 쥐새끼와 마주쳤다.

그때 신인류의 힘을 받아들였다.

'차라리 어둠 속에서 그놈을 몰라 봤다면 신인류에 포섭되지 않았을 수도 있었을 텐데.'

지금 와서는 다 의미 없는 이야기지만 말이다.

어쨌거나 쥐새끼가 가까운 곳에 있다면 잘된 일이다.

불안 요소를 남겨 둔 채로 게이트를 돌아다니는 것보다야, 놈을 마무리한 뒤에 공략을 진행하는 쪽이 훨씬 나았으니까.

하지만 동시에 이런 생각도 들었다.

'이건 놈도 비슷한 처지일 텐데.'

쥐 대가리 역시 어떻게든 우릴 처리한 다음에 이 게이트에서 탈출하고 싶어 할 것이라는 생각이었다.

그러니 두 가지를 동시에 생각해 봐야 한다.

팔 하나가 잘린 채 안개 속에 숨어든 쥐 대가리의 노림수.

'그리고 그것을 거꾸로 이용할 방법.'

입장을 바꿔서 생각하자.

내가 쥐 대가리의 입장에 서 있다면, 무엇이 나의 최선책일까?

"아무래도 그것밖에 없는 것 같은데."

하얀 안개 속을 바라보던 나는 천천히 몸을 일으켰다.

"……"

사실 이규란은 최원호와 최신우가 보통 사이가 아니라는 것을 어렴풋이 눈치챈 상태였다.

앞서 그 쥐처럼 생긴 남자가 일으킨 리플렉션 웨이브에 잠시 마력 체계가 진탕되었다가 회복된 이후.

고미정을 심문하는 과정에서 두 사람이 나눈 짧은 대화를 듣고 불현듯 떠올린 생각이었다.

　-혹시 모르니까 방어벽 만들 준비해.
　-알았어.

마치 원래 한 팀이었던 것처럼 합이 척척 맞는 두 사람.

말이 짧은 것은 둘째 치고 손가락으로 신호를 주고받는 것까지.

보통 호흡이 아니었다.

게다가 이상한 것은 그뿐만이 아니었다.

'신우 씨가 정말 마법을 사용하고 있어. 그것도 너무 능숙하게……'

최신우는 마력 체계에 부상을 입는 바람에 마법 능력이 거의 봉인되었다고 알려져 있었는데, 지금은 어지간한 R2급 마법사만큼이나 뛰어난 모습이었다.

여태껏 그녀를 F3급으로 인식하고 있던 이규란으로서는 받아들이기 쉽지 않은 변화였다.

이게 뭘 의미하는 걸까?

내내 그 문제에 대해 생각하던 이규란은 마침내 하나의 가설을 내놓을 수 있었다.

'……아무래도 공명 특성인 것 같은데.'

특성 '공명'.

영혼의 파트너와 함께할 때, 두 사람의 마력에서 상호적인 상승 작용이 일어나 실력 이상의 힘을 발휘하는 특이 특성.

이것은 연인이나 가족처럼 특별히 가까운 사이의 헌터들이 체득하는 특성이었다.

이규란은 두 사람이 공명 특성을 가진 특별한 관계라고 생각했다.

'공명 특성은 감정적인 교류가 격렬한 애인 관계에서 특히 강력하게 발휘된다고 하던데…….'

그럼 저 두 사람도 애인 사이일까?

'아무래도 그렇겠지?'

그렇지 않고서는 지금까지 평범 이하의 모습을 보여 주던 최신우가 갑자기 상전벽해 수준으로 뒤바뀐 것을 설명할 수가 없었다.

"……."

내심 결론을 낸 이규란.

그녀는 무언가 속닥거리며 이야기를 주고받는 최원호와 최신우의 모습에서 정확히 뭔지 모를 감정을 느끼고 있었다.

'그래서 눈빛만 봐도 척척 통하는 거였어.'

사랑하면 서로 닮는다던데…… 확실히 닮은 얼굴이기도 하고.

'선남선녀로구나. 부럽네. 나도 언젠가 저런 남자 친구를……'

그렇게 이규란이 얼토당토않은 오해에 깊게 사로잡혀 있던 그때.

"음?"

시선을 느낀 최원호가 고개를 돌려 그녀를 마주 보았다.

그러자 이규란은 슬쩍 시선을 피하며 다시 냉철한 여전사의 얼굴을 연기하기 시작했다.

하지만.

"이규란 마스터, 잠깐 나 좀 봅시다."

"왜 그러시죠?"

"당신이 필요하니까."

"……"

이규란은 눈살을 찌푸렸다.

'뭐야. 옆에 여자 친구도 있으면서…….'

하지만 왠지 모르게 가슴이 뛰는 기분이 되는 것은 피할 수 없는 일이었다.

그때 이규란을 부른 최원호는 속으로 한숨을 내쉬고 있었다.

'젠장, 오해가 너무 강렬해서 권능이 강제로 열리는 느낌

이었어.'

당연한 말이지만, 여동생을 여자 친구로 오해받는 것은 매우 불쾌한 경험이었다.

유전자 레벨에 각인되어 있는 본능이라고 해야 하나.

타인의 상상일지언정 동생과 엮이는 것은 사양하고 싶었다.

보름달 여우의 권능을 통해 그 오해를 알아차린 최원호는 자연스럽게 해명을 내놓았다.

"난 지금부터 잠시 혼자 움직일 겁니다. 그 동안엔 내 동생도 전투 불능 상태로 들어갈 거고. 이규란 마스터께서는 여기서 방어진을 제대로 구축해 줬으면 좋겠습니다."

"……예? 동생이라뇨?"

"최신우. 한채미 헌터 말입니다. 내 동생인데 혹시 이야기 못 들었습니까?"

"예? 아아, 그랬군요! 어쩐지 척하면 척이라서 신기하다고 생각했습니다."

금세 표정이 밝아진 이규란.

'공명 특성은 아니었구나.'

하지만 그녀는 곧 고개를 갸웃하며 의문을 제기했다.

"그런데 제가 최신우 씨의 오빠가 차원 역류에 휘말렸다는 이야기를 언젠가 들은 것 같은데…… 아닙니까?"

쓸데없이 기억력은 좋아서.

"그건 우리 형이고, 난 둘째 오빠입니다."

"아⋯⋯."

형제를 하나 더 만들어 둘러 대니 이규란은 수긍하며 고개를 끄덕였다.

"죄송합니다. 제가 괜한 이야기를 꺼낸 것 같군요."

그 말에 최원호는 고개를 저으며 싱긋 웃어 줬다.

"괜찮습니다. 의심이나 오해를 받는 것보다야 확실하게 해 두는 편이 나으니까요."

"⋯⋯하하."

이규란의 얼굴이 살짝 붉어졌다.

게이트 테러리스트답게 무시무시하긴 했어도, 눈앞의 남자는 정말 끝내주게 잘생긴 사람이었으니까.

그리고 또 하나 깨달은 것.

이 남자가 다른 모두에게 반말을 하면서도 자신에게만은 존댓말을 하고 있다는 점이었다.

이규란은 그 의도를 어렵잖게 이해했다.

'나를 블랙핑거의 마스터 헌터로서 존중해 주는 것이구나.'

보기와는 다르게 은근한 배려심까지⋯⋯.

여전히 본명은 가르쳐 주지도 않으면서 말이다.

'정말 회전문 같은 남자로군.'

하지만 딱 거기까지였다.

이규란은 게이트 안에서 사사로운 감상에 휘둘리는 사람

이 아니었다.

그러기에는 지금 그들을 둘러싼 이 상황이 너무나 엄중했다.

눈빛을 고친 이규란이 질문했다.

"방금 수현 님이 혼자 행동하시는 동안에 신우 씨가 전투 불능 상태로 들어갈 거라고 말씀하셨는데, 그건 무슨 뜻입니까?"

"아, 그건…….."

최원호의 짧은 설명이 끝났을 때.

"보통 일이 아니군요. 엄청나게 위험하겠어요."

이규란은 블랙핑거 클랜의 실질적인 수장으로서 심각한 표정이 될 수밖에 없었다.

방금 자신이 들은 말이 사실이라면 이 게이트의 진정한 위험은 완전히 다른 곳에 있었으니까.

최원호의 결론은 이러했다.

"놈은 이미 1번 미션을 해결했을 겁니다. 그리고 다음 미션 목표를 이용해서 우릴 공격할 가능성이 큽니다."

두 번째 미션 목표.

미니 보스 '눈먼 나가 괴물'.

수백 마리의 동족을 거느리고 레이드 헌터들을 불시에 습격하기로 악명이 높은 대형 몬스터.

영검이 그 거물을 이용해서 공격해 올 것이라는 이야기였다.

[안내 : 환경에 영향을 미치는 아티팩트가 사라짐에 따라 게이트 내부 환경에 변화가 생깁니다.]

시스템 메시지와 함께 안개가 걷히고 있었다.

'……역시.'

호숫가에 서 있던 나는 예상대로 흘러가는 상황을 보며 묘한 감정을 느끼고 있었다.

새삼스레 신인류라는 놈들이 궁금해졌다.

대체 어떤 힘을 가지고 있기에 게이트 내부 상황을 나만큼이나 잘 알고 있는 것인지…….

의아스러우면서도 감탄이 나올 정도였다.

나의 예측은 이렇게 시작되었다.

'만약 그 영검이라는 놈이 나만큼 이 게이트에 대해 잘 알고 있다면 어떨까?'

다시 말해, 내가 상대의 입장에 있다면 어떻게 대처했을지 생각해 본 것이었다.

'특히 레벨 50에 가까운 마법사 헌터라면?'

……빛나는 얼음 상자를 찾아내는 것은 그리 어려운 일이 아니다.

신우가 말한 것처럼 마도 특성을 키우는 쪽으로 몰빵을 했다면, 슬슬 '워록'이라고 불릴 수 있을 만큼 강력한 전투 마법 사라는 뜻이고.

이는 호칭에 담긴 존경의 의미만큼이나 드넓은 마력 탐지 능력을 가지고 있음을 의미한다.

안개의 흐름 속에 섞인 마력을 역추적하여 '빛나는 얼음 상자'를 찾아내는 작업도 충분히 가능한 범주 안에 있었다.

물론 집중력을 잃지 않는다면 말이다.

'……변수는 그 쥐 대가리가 입은 부상이지.'

놈은 나에게 팔 하나를 잃었다.

일단 피를 많이 흘렸을 테고, 당연히 마력 체계에도 적잖은 타격이 갔을 터.

그런 상황에서 섬세한 마력 탐지가 가능할까?

'솔직히 불가능할 것 같은데.'

그래도 일단 된다고 가정해 보자.

나로서는 알 수 없는 신인류의 비전 덕분에 쥐 대가리가 초인적인 마력 통제력을 발휘할 수 있다고 치면.

'당연히 우리의 이동 상황은 체크하고 있을 것이고…….'

다음 할 일은?

'……나기니(Nagini)들을 불러 모으는 것이겠지.'

그래, 지극히 당연한 일이다.

나기니.

인간 여성의 얼굴을 가지고 있지만, 몸의 절반 이상은 뱀의 것으로 되어 있는 몬스터.

치명적인 극독을 품고 있는 반인반사(半人半蛇)의 괴물.

이들을 열심히 사냥하다 보면 '눈먼 나가 괴물'을 만나게 되는데, 이것이 바로 두 번째 미션이었다.

종족의 원수를 갚으려는 대형 수컷 개체가 어마어마한 숫자의 나기니들과 함께 나타나 분노의 공격을 퍼붓는 전개였다.

그러므로 나기니들을 최대한 불러 모아서 되도록 한꺼번에 처리하는 쪽으로 공략 방향을 잡는 것이 유리했다.

'나도 그렇게 했었고.'

이미 나기니−나가 일족에 대해 알고 있었던 덕분이다.

그리 어려운 일도 아니었다.

나기니들의 예민한 후각과 격정적인 본능을 이용하기만 하면 되는 일이었으니까.

그리고 쥐 대가리 역시 그것을 잘 알고 있었던 것 같다.

샤아아아앗−!

이 호수를 향해 반인반사의 날카로운 울음소리들이 모여드는 것으로 미루어 보건대.

'확실히 제대로 알고 있어.'

나기니들이 '죽음의 냄새'를 맡기만 하면 미친 듯이 몰려든다는 사실을, 놈은 더없이 완벽하게 이용하고 있었다.

그러니 난 그 지점을 다시 거꾸로 이용해 줄 생각이었다.

"……오빠, 그게 진짜 될까? 나 자신 없는데."

"일단 한번 잡쉈 봐. 아마 마법사 관두고 정령술로 넘어가고 싶어질걸."

슬쩍 다가온 여동생은 거의 울기 직전의 표정을 짓고 있었지만, 그건 아무래도 상관없는 일이었다.

"하악, 하악……."

헌터 콜네임 'Soul_Sword'.

임영섭은 가쁜 숨을 몰아쉬면서도 자신의 작업에 모든 정신을 기울이고 있었다.

출혈이 심한 상황에서 무리하게 사냥을 하느라 완전히 지친 상태였지만, 이 작업은 멈출 수 없었다.

뚝, 뚜욱—.

나무에 거꾸로 매달린 나기니들의 사체에서 흘러나온 붉은 피가 땅을 적신다.

비릿하다 못해 지독하기까지 한 파충류의 피 냄새.

하지만 임영섭은 고개를 돌리지 않았다.

그는 오히려 희열에 찬 표정으로 피비린내를 깊숙하게 들이마시고 있었다.

이 냄새는 임영섭에게 상큼한 승리의 샴페인의 향기처럼 느껴질 정도였다.

'거의 다 됐어. 이거면 그것들을 지옥으로 보내 버릴 수 있을 거야!'

다섯 명의 여헌터를 찍어 눌렀던 그 순간.

임영섭은 역시 신인류에 가담하기를 잘했다고 생각했다.

새로 얻은 '뉴타입' 특성을 활성화시키기만 하면 마법 능력의 효율이 마구 치솟았으니까.

오히려 그녀들을 죽이지 않기 위해 노력을 기울여야 할 정도였다.

하지만 예상치 못한 습격에 모든 것이 어그러지고 말았다.

무왕이 자리를 떠나자마자 수풀 속에서 튀어나온 남자는 자신의 '인형'들과 팔 하나를 앗아 가고도 멈추지 않았다.

때마침 안개가 깔리지 않았다면 임영섭은 목마저 잃어버렸을 것이다.

게이트가 왜 갑자기 초기화되었는지는 그도 알지 못했지만, 어쨌거나 다행스러운 일이었다.

목숨을 구했으니까.

"씨× 새끼."

새삼 욕지기가 입술을 비집고 튀어나왔다.

신인류로서 '예언자'에게 복종하기를 맹세한 뒤로는 게이트에 대해 두려울 것이 없었는데.

오랜만에 두려움을 맛보자 몸이 부들부들 떨리기까지 했다.

도무지 이해할 수 없었다.

'……대체 그 새낀 뭐였지?'

분명히 이 게이트에 들어온 것은 자신을 포함한 열 명이 전부였다.

여긴 애초부터 고미정 진영과 이규란 진영의 경쟁 대결을 위해서 선택한 게이트였다.

차원통제청으로 미리 제출된 명단 어디에도 다른 인원은 없었는데.

한데 그런 불청객이 툭 튀어나왔다는 것은…….

'설마 뒤를 밟히고 있는 건가?'

……신세계를 건설할 신인류가?

그렇다면 문제는 심각해진다.

한국 조직은 아직 제대로 자리를 잡지 못했기 때문에 상대적으로 더 취약한 상태였다.

하지만 동시에 기회이기도 했다.

'여기서 빠져나가기만 하면 예언자에게 직접 보고를 올리는 거야. 도움이 필요하다고 하는 거지.'

그러면 '힘의 파편'을 하나 더 얻어 낼 수 있을지도 모른다.

그건 생각만 해도 짜릿한 일이었다.

힘의 파편.

이 세상 그 누구에게도 정체가 알려지지 않은 신인류의 지도자 '예언자'가 수하들에게 하사하는 신비로운 힘.

파편을 하나 섭취하기만 하면 특성 '뉴타입'이 생겨나고.

하나를 더 먹을 때마다 특성의 폭발력이 증대되는 것과 함께 전에 없던 강력한 스킬들까지 손에 넣을 수 있었다.

임영섭은 지금까지 세 개의 파편을 받아 먹은 상태였다.

뉴타입 특성에다 두 개의 귀속 스킬을 보유하고 있는 상황.

여기서 파편 하나를 더 받아 낼 수 있다면…….

'무왕 놈도 슬슬 나를 우습게 대하기 어려울 거다.'

자신을 우습게 여기는 중국인에게 한 단계 다가서는 발판이 되어 줄 터.

잘려 나간 팔이 욱신거렸다.

하지만 이쯤이야 인조 육체를 이용해서 채워 넣으면 그만이다.

'어쩌면 다른 인간에게서 팔을 빼앗을 수 있는 스킬이 나올지도 모르잖아?'

타인을 수족처럼 조종할 수 있는 '피의 인형술'도 가진 마당이다.

육체의 일부를 빼앗는 것도 전혀 불가능해 보이진 않았다.

샤아아아앗-!

먼 곳에서 슬슬 들려오는 나기니들의 울음소리.

"좋았어……."

임영섭은 자신의 노림수가 제대로 작동하고 있음을 느끼며 날카롭게 웃었다.

그리고 다음 마법이 시작되었다.

"스노볼링."

마력이 펼쳐지자 나기니들의 혈향이 잔뜩 스며든 모래흙이 큼직한 공의 형태로 빚어지기 시작했다.

거기에다 나기니들의 시체까지 마구잡이로 쑤셔 박은 뒤, 임영섭은 전방을 향해 손짓했다.

그러자 피 냄새를 진득하게 머금은 흙더미가 굴러가기 시작했다.

콰르르르르!

바로 이것이 그가 원하는 대로 나기니들을 움직이게 만드는 미끼이자 비장의 한 수였다.

어차피 상대의 위치는 진즉에 감지하고 있었다.

그런데 어쩐 일인지 그들은 전혀 움직이지 않는 상태였다.

'하나가 여기저기 돌아다니는 것 같지만 특별한 움직임은 아니었어.'

갑자기 안개가 걷혀서 당황한 모양이다.

그 때문에 임영섭은 확신하고 있었다.

키야아아아앗!

"큭큭큭……."

등 뒤에서 몰려드는 이 괴물들이 놈들을 사정없이 깔아뭉개고, 갈가리 찢어 버릴 것임을 추호도 의심하지 않았던 것이다.

그는 가장 높은 나무 위에 몸을 숨기고 비명과 절규가 흐르는 현장을 즐겁게 지켜볼 생각이었다.

보스들을 사냥하고 게이트를 빠져나가서 이상 현상으로 인해 모두 죽음을 면치 못했다고 둘러 대기만 하면 끝이었다.

하지만 다음 순간.

쿠구구구구구一!

"응? 뭐, 뭐야?"

난데없이 하늘을 향해 솟구쳐 올라가는 물보라를 보며 임영섭은 당황할 수밖에 없었다.

자신이 나기니들의 피를 짜내서 만들 공을 굴려 보낸 그 현장의 바로 옆.

어지간한 대형 운동장 서너 개를 합쳐 놓은 듯한 호수의 한가운데에서.

〈나, 땅의 기사 다르눈노스가 그대의 소환에 응하겠다!〉

지축을 뒤흔드는 웅혼한 목소리와 함께 거대한 팔 하나가 물보라 바깥으로 튀어나온 것이다.

"……!"

마치 폭포가 일어선 것 같다.

고개를 다 들어 올려도 형체를 제대로 파악할 수 없는 거인의 등장에 임영섭은 입을 쩍 벌린 채 얼어붙을 수밖에 없었다.

그는 자신의 아군이나 다름없는 나기니들의 머리 위로 떨어지는 주먹을 보면서도 대응할 방법을 떠올리지 못했다.

쾅! 쾅!

콰아아아앙!

연이은 폭음 속에서 나기니들이 피 떡이 되어 터져 나가기 시작한 그때.

"리, 리모트 실드!"

정신을 차린 임영섭은 서둘러 원격 방어 마법을 전개하기로 결정했다.

이제 다섯 개밖에 남지 않은 손가락 끝에서 강력한 마력이 쏟아져 날아갔다.

그리고 바로 그것이 최원호가 바라던 바였다.

"……찾았다, 이 쥐새끼."

쥐 대가리로부터 방출된 강력한 방어 마법.

저렇게 큰 미법은 광범위 탐지 능력을 제대로 되찾시 못한 나에게도 선명하게 걸릴 수밖에 없는 것이었다.

놈의 위치를 확인한 나는 곧바로 달리기 시작했다.

호수 옆에서 시작된, 규격 외의 싸움판 한가운데를 가로지르는 코스였다.

호수 바닥에서 뛰쳐나온 땅의 거인이 와하하하 웃음을 터트리며 팔을 휘두르고, 그에 따라 나기니들의 머리통이 펑펑 터져 나가는 아수라장 한복판.

하지만 난 두렵지 않았다.

〈소녀여! 그대의 기백이 마음에 드는구나! 잠시나마 다르눈노스의 힘을 빌릴 자격은 충분하다!〉

그 거인은 신우가 불러내서 직접 조종하고 있는 존재였으니까.

나에게 쌓인 게 아무리 많아도 내 정수리 위로 저 주먹을 내려치진 않을 듯했다.

"······."

아마 그럴 거다.

〈오호라! 호쾌한 일타였다! 싸우는 방법을 제대로 알고 있구나! 소녀여!〉

'잘 싸우네.'

신우는 알았을까, 자신이 이렇게 엄청난 존재를 불러낼 수 있으리라는 것을?

······그랬다면 그렇게 징징거리지 않았겠지.

땅의 기사를 불러내기 위해 녀석은 꽤나 고생을 해야만
했다.

원래 허락된 힘이 아니었으니까.

〈다르눈노스〉

[정령] 땅의 군단에서 선봉을 맡은 거인 기사. 무지막지한 완력
으로 앞을 가로막는 모든 것을 분쇄한다.

특수 : 소환하기 위해서는 '레벨 4'의 정령 특성이 필요하다.

마력 체계를 회복하기 위해 땅의 정령력을 그대로 흡수한
녀석은 이미 정령 특성을 얻어 둔 상태였다.

하지만 그건 고작 '레벨 2'에 불과했다.

다르눈노스라는 고위 정령을 소환하기에는 두 단계나 부
족했다.

재능이 없는 이들은 평생을 매진해도 뛰어넘지 못하는 벽
이 두 개나 놓여 있는 상황이었다.

하지만 여기서는 이야기가 조금 달라진다.

이 라미아 게이트는 'C등급'에 해당하는 게이트고, 그것은
한 가지 변수가 더 생긴다는 뜻과도 같았다.

바로 '히든 피스'.

C등급 게이트부터는 반드시 하나 이상의 특수 아티팩트나
내단이 숨겨져 있었다.

D등급까지는 있을 때도 있고, 없을 때도 있지만……

'C등급부터는 고정적으로 숨겨져 있단 말이지.'

그리고 나는 이 게이트에 '영목의 뿌리'라는 특수 내단이 숨어 있다는 사실을 알고 있었다.

짙은 영력이 서린 호수의 물을 먹고 자란 고목의 뿌리.

그 식물 내부에 일시적으로나마 정령과의 감응력을 확 끌어 올려 주는 효과가 숨겨져 있었던 것이다.

"으웩! 맛대가리 없어! 이걸 먹으라고? 독살하려는 거 아니지?"

"이게 제일 쉽고 빠른 거야. 보약이라고 생각해, 인마."

"하, 나한테 일부러 이러는 거 같애……."

내가 영목의 뿌리를 구해다 주자 신우는 투덜거리면서도 꼭꼭 씹어 삼켰다.

그러더니 곧 새로운 세상이 보인다며 날뛰기 시작했다.

그게 바로 정령계였다.

"워후, 엄청난 글래머 언니가 오빠의 안부를 물어보는데? 여, 여왕? 정령왕이세요?"

"……테라르나는 왜 또."

아무리 정령 감응력이 올라갔다한들, 땅의 정령왕이 신우에게 손을 내밀진 않을 것이다.

나는 녀석에게 가장 거대한 정령을 찾아보라고 주문했고, 동생은 다르눈노스의 힘을 빌리는 것에 성공했다.

물론 계약은 아니었다.

그저 딱 한번 강림해 주는 것에 불과했다.

'물론 그것만으로 정령 감응력에 큰 도움이 되겠지만.'

어쩌면 이번 일로 신우가 정령술이라는 새로운 분야에 눈을 뜨게 될지도 모르는 일이었다.

뭐, 어쨌거나 다시 현 시점으로 돌아와서.

〈땅을 피로 물들이는 자! 피로 땅을 씻게 될 것이다!〉

다르눈노스라는 거물이 날뛰기 시작하자 나기니들의 행렬은 금세 곤죽이 될 수밖에 없었다.

'리모트 실드인가?'

쥐 대가리가 펼친 원격 방어 마법은 나쁘지 않았지만 미친 듯이 달려 나가는 나기니들을 보호하기엔 방어 범위가 너무 좁았다.

피 냄새에 눈알이 완전히 뒤집혀서 불규칙한 움직임을 보이고 있으니 캐스팅이 따라붙질 못하는 것이다.

나는 눈을 기늘게 떴다.

'자, 그럼 어떻게 해야겠어?'

아니나 다를까, 성급하게도 쥐 대가리 놈은 스노볼링 마법을 느리게 조정하기를 택했고……

콰직!

그건 자충수가 되었다.

다르눈노스가 휘두른 주먹에, 피 묻은 흙으로 만들어진 공이 산산조각으로 변하고 말았다.

나는 피식 웃었다.

'하나만 알고 둘은 모르는군.'

아마 지금쯤 망했다고 생각하고 있겠지.

하지만 이제 시작일 뿐이다.

"지금! 내려쳐!"

나는 다르눈노스에게 들리도록 크게 소리쳤다.

그러자 저 멀리 앉아서 가만히 눈을 감고 있을 신우가 정령의 움직임을 통해 응답했다.

호수 위로 드리운 다르눈노스의 거대한 팔을 들어, 그대로 수면을 내리친 것이다.

뻐어어엉!

흡사 폭탄이 떨어진 듯한 굉음과 함께 사방으로 물방울들이 비산했다.

그리고 여름 장마철의 한복판에 들어선 것처럼 하늘에서 거대한 물이 쏟아져 내렸다.

나를 비롯한 모든 것이 흥건하게 젖은 그 순간.

나는 비틀거리는 나기니들의 행렬 속으로 뛰어들며 또 하나의 새로운 권능을 전개했다.

[권능 : '사이코패스 전기뱀장어의 몸부림'.]

[정보 : 이 권능은 본인을 제외한 아군에게도 타격을 줄 수 있습니다. 주의해서 사용하십시오.]

파지지지직-!

강력한 전기를 방출해서 모든 것을 지져 버리는 힘.

나는 섬광을 움켜쥔 채 돌진했다.

그러자 해청이 소리쳤다.

-우오오! 이건 치도×……!

뭔 도리?

〈음? 왕의 인정을 받은 전사여, '쥐돌이'가 무엇인가?〉

-쥐돌이가 아니라 치도×…….

해청이 무슨 소릴 하는 건지 모르겠다.

어쨌거니 니는 다르눈노스의 주먹질이 쏟아지는 한복판으로 뛰어들었다.

콰지지지직!

청백색의 스파크가 터져 나오자 나기니들이 사지를 떨며 경련을 일으켰다.

이미 빈사 상태에 빠져 있었던 개체들은 이것만으로도 충분했고.

"치, 침입자……!"

"크아악!"

비교적 멀쩡했던 것들은 칼날이 스치며 직접 쇼크를 전달하자 마찬가지로 침묵에 빠져들었다.

─히야! 이거 짜릿짜릿한데?

어쩐지 신이 난 듯한 해청 녀석의 외침과 동시에 사냥에 성공했음을 알리는 시스템 메시지들이 수도 없이 떠올랐다.

[알림 : C등급 몬스터 '지독한 나기니 방패병'을 처치했습니다.]

[알림 : C등급 몬스터 '광기에 젖은 나기니 돌격병'을 처치했습니다.]

[……]

어림잡아 백 단위.

워낙 많아서 일일이 헤아리기도 힘들 정도였다.

나를 향해 지옥의 군대처럼 몰려들던 나기니의 행렬은 마치 폭격을 맞은 것처럼 괴멸되어 가고 있었다.

공방을 교환할 필요도 없이 일직선으로 뚫고 달리기만 하면 경험치가 술술 들어오는 상황.

[알림 : 레벨이 올랐습니다!]
[알림 : 레벨이 올랐습니다!]

드디어 레벨 29를 달성할 수 있었다.

'역시 상위 등급이구나.'

이제 D등급 게이트에서는 보스 몬스터를 사냥하더라도 한 단계 올리는 것이 고작인데.

이런 잡몹들을 사냥해서 두 단계나 뛰어오른 것은 대단히 흐뭇한 일이 아닐 수 없었다.

'보너스 스탯은 모두 마력에 투자하고……'

[알림 : 마력 스탯이 2만큼 올랐습니다.]

마력의 출력 폭이 뛰어오르면서 사이코패스 전기뱀장어의 몸부림도 조금 더 강력해졌다.

기술명이 예능 같긴 하지만, 지금 나에게는 이보다 나은 범위 공격기도 없었다.

나는 멈추지 않고 앞으로 계속 달려 나갔다.

그리고 다음 순간.

[알림 : 특성 '야성'이 직관을 발휘하고 있습니다.]

"……?"

뭔가 찌릿한 느낌.

나는 주저 않고 옆으로 몸을 던졌다.

[알림 : 강력한 원거리 공격에 주의하십시오!]

하마터면 위험할 뻔했다.

뒷덜미가 서늘해지는 살기가 스치더니 사방에 널려 있던 나기니들의 시체가 일제히 폭발을 일으켰던 것이다.

콰아아아앙-!

'커프스 익스플로전?'

원하는 대로 공격 범위를 조정할 수는 없지만, 지독한 수법만큼이나 강력한 대미지를 꽂아 넣을 수 있는 마법이었다.

몸을 피하는 것과 함께 재빨리 마력을 끌어 올려 방어벽을 둘렀음에도 충격이 상당했다.

'게다가 나기니들의 시체는 기본적으로 독성을 띠고 있지. 삐끗해서 상처를 입는 순간 중독을 일으킬 거야.'

제법 영리한 반격이었다.

역시 쥐 대가리에게는 팔이 잘린 여파가 그리 크지 않은 것 같았다.

저것도 뭔가 신인류로서 가지고 있는 어드밴티지를 사용하는 건가?

'모르겠군.'

어쨌거나 나는 시작될 공방전에 대비하며 놈의 위치를 추적했다.

하지만.

"어? 뭐야? 도망가는 거야?"

당황스럽게도 놈의 마력 신호가 빠르게 멀어지고 있었다.

몸체를 곧게 편 다르눈노스가 껄껄 웃어 댔다.

〈음험한 수법을 쓰더니 수치도 모르고 내빼는구나! 내가 놈을 잡아서 그대에게 대령하고 싶으나, 안타깝게도 약속한 시간이 다 되었다! 또 만나지.〉

"벌써 그렇게 됐나."

땅의 기사는 산산이 흩어지더니 다시금 수면에 거대한 물보라를 일으켰다.

호수 밑바닥에 깔린 흙의 형태로 돌아간 것이다.

'신우는 탈진했겠군.'

엉목의 뿌리를 흡수해서 격에 맞지 않는 존재에게 힘을 빌린 여파는 적지 않았다.

신우는 앞으로 두세 시간은 완전히 무력한 상태로 버텨야 했다.

안개가 사라졌으니 게이트 여기저기에서 몬스터들이 출몰

할 터.

블랙핑거 클랜원들의 보호가 특히 중요한 이유였다.

거의 도움이 되지 않는 짐이 하나 생겼으니 아주 쉽진 않을 것이다.

'그래도 채윤기까지 있으니까 C등급 몬스터들 정도는 충분히 감당할 수 있겠지.'

그보다는 이쪽이 문제다.

솔직히 이렇게 곧바로 내뺄 줄은 몰랐는데.

나는 도망치는 놈을 감지하며 혀를 찰 수밖에 없었다.

가속 마법을 쓰고 있는지 뒤쫓아 가기에는 너무 빨랐다.

정말 전심전력을 다해서 튀는 거다.

하지만 난 그냥 웃고 말았다.

정 그러겠다면야……

'슬슬 올 때가 됐는데……. 설마 타이밍이 어긋났나?'

나는 속도를 줄이고 모든 에너지 소모를 아끼며 전방을 향해 감지력을 집중하기 시작했다.

쥐 대가리가 꽁무니를 뺀 것은 명백한 악수였다.

'까먹었나 본데, 나기니들을 불러 모았으면 그다음을 생각해야지!'

이 게이트의 두 번째 미션 목표.

미니 보스 '눈먼 나가 괴물'.

헌터들이 일정 숫자의 나기니들을 처치하게 되면 자연스

럽게 놈이 나타나게 되어 있다.

미니 보스는 동족 암컷들의 복수를 하기 위해 물불 가리지 않고 공격을 퍼부을 터.

나는 그 어그로를 피해 가기 위해서 최대한 피 냄새를 묻히지 않기 위해 노력했다.

사이코패스 전기뱀장어의 권능을 불러내서 사용한 것에는 그러한 이유도 있었던 것이다.

그리고 상황은 아주 자연스럽게 전개되었다.

캬하아아아아악……!

귀청을 찢는 듯한 날카로운 울음소리와 함께 육중한 무게 감이 지상에 현신했다.

다르눈노스에 비할 바는 아니지만, 집채만 한 반인반사(半人半蛇)의 거체가 지표면을 뚫고 모습을 드러낸 것이다.

아주 정확하게 쥐 대가리의 진행 경로를 가로막으면서.

이제 쥐새끼와 '뱀새끼'의 대결은 피할 수 없는 것이었다.

'……됐다.'

이이제이의 상황은 정확히 내가 계획한 대로였다.

나는 조용히 미소를 지으며 강제 대결의 현장으로 발걸음을 옮겼다.

"뭐, 뭐야!"

"내 아이들의 피 냄새로구나! 살아 돌아갈 생각은 버려라!"

저 인간과 몬스터의 난타전이 끝나고 나면 확실하게 알게 될 것이다.

신인류라는 이름을 단 머저리들이 무슨 생각을 하고 있는 것인지.

놈은 아는 것을 전부 토해 낼 수밖에 없을 것이다.

난투 끝.

승자는 '눈먼 나가 괴물'이었다.

"내 종족의 원수, 네놈을 가장 고통스럽게 죽여 주마."

인간의 몸통을 자신의 꼬리로 휘감은 반인반사는 서서히 압력을 가하기 시작했다.

"컥......!"

대형 나가의 궁극기로 알려진 조이기 공격.

이미 모든 힘을 쓰고 탈진해 버린 인간 마법사에게는 절대 당해 낼 수 없는 완력이었다.

우드득!

온몸의 뼈마디가 비틀리고 으스러지며 끔찍한 소리를 내 질렀다.

"끄, 끄아아악!"

임영섭은 머리가 새하얗게 변하는 고통 속에서 울컥 피를 게워 냈다.

그의 머릿속에서는 풀리지 않는 질문들이 맴돌고 있었다.

'대체 어디서부터 잘못된 거지?'

방금 나기니들이 터져 나가고 후퇴하기로 결정한 것이 성급했나?

아니면 무왕의 지시에 따라 리플렉션 웨이브를 시전했을 때?

그것도 아니라면 고미정과 채굴팀장들을 속여서 인형으로 삼았을 때였나?

눈이 마주친 것은 바로 그때였다.

"……."

어디선가 걸어 나온 남자가 칼자루에 손을 올린 채, 서늘한 눈길로 자신을 바라보고 있었다.

그 남자.

바로 그놈이었다.

임영섭은 온 힘을 짜내어 소리쳤다.

"사, 살려 줘! 크어억!"

같은 인간이자 헌터로서, 게이트 몬스터에게 당하는 것만큼은 구해 주지 않을까?

그렇게 실낱같은 희망을 품고 도움을 요청한 것이었다.

"제, 제…… 우에에엑!"

하지만 순간 압력이 높아지며 '제발'이라는 말조차 미처 끝맺지 못했다.

인간 마법사는 눈알이 뒤집힌 채 경련을 일으키는 것 외에
는 할 수 있는 일이 없었다.

그리고 눈먼 나가 괴물이 콧구멍을 벌렁거리기 시작했다.

"물의 냄새, 아주 옅은 피 냄새, 그리고……."

놈은 이상하다는 듯 고개를 갸웃거렸다.

"인간인가, 들짐승인가? 그 중간의 미묘한 냄새가 나는군.
네놈은 정체가 뭐냐?"

하지만 최원호는 대답 대신 조용히 해청을 뽑아 들었다.

나가는 몸을 뒤로 물리며 으르렁거리기 시작했다.

"그래, 인간이었나? 네 동료를 구하기 위해 온 모양이지?"

"그건 아닌데."

"웃기지 마라. 너희 인간들은 간악한 거짓말에 능하지. 그
조악한 쇳조각으로 감히 나를 해할 수 있을 것 같으냐?"

–……뭐? 조악한 쇳조각?

나가의 말에 해청이 손안에서 시끄럽게 떠들기 시작했다.

그 때문에 잠시 인상을 찌푸렸던 최원호.

"알았어. 알았다고."

[권능 : '추격자 치타의 권능'.]

일순 폭발적인 가속력을 일으키는 것과 함께, 한줄기의 섬
광이 되어 돌진했다.

서걱!

그렇게 단숨에 적의 목을 떨어뜨려 버린 것이었다.

난전을 벌이느라 이미 대부분의 힘을 소진한 나가 괴물과 달리, 그는 만전인 상태나 다름없기 때문에 가능한 일격이었다.

"자, 복수해 줬잖아. 그만 떠들어. 머리 어지러워."

-하! 조악한 쇳조각이라니! 저 조악한 고깃덩어리가!

쿵……

뱀의 거체가 힘없이 주저앉았다.

사냥에 성공했음을 증명하는 메시지들이 최원호의 눈앞으로 떠올랐다.

[알림 : 미니 보스 '눈먼 나가 괴물'을 처치했습니다!]

[보상 : 미니 보스를 처치한 보상으로 '상당한 경험치'를 획득했습니다.]

[보상 : 특별한 방법을 이용하여 처치했으므로 보상에 보너스가 주어집니다.]

[알림 : 칭호 '막타의 강탈자'가 복구됩니다!]

[알림 : 레벨이 올랐습니다!]

드디어 레벨 30에 도달했다.

새로 복구된 칭호 '막타의 강탈자'는 적대적인 헌터의 몫을 빼앗아 챙겼을 때 부여되는 것이었다.

지력 스탯에 3만큼 보너스를 받았으니, 권능이나 스킬을 사용할 때 한층 더 묵직한 힘을 더해 줄 수 있게 되었다.

마침 보름달 여우의 권능을 극한까지 써야 하니, 딱 시기 적절한 보상이었다.

'그럼 이번에도 레벨 업 보상 포인트는 마력 스탯에 투자해도 되겠어.'

[알림 : 마력 스탯이 1만큼 올랐습니다.]

[알림 : 2번 게이트 미션 '미니 보스 제거'를 완수했습니다!]

[안내 : 게이트 스코어보드에 이름을 올릴 수 있습니다.]

시스템은 스코어보드를 갱신하라며 깜빡거리고 있었지만 최원호는 무시했다.

이 게이트에서는 스코어보드에 이름을 채워 넣을 이유가 전혀 없었으니까.

그보다 본론에 들어갈 차례였다.

"허억, 허으윽……!"

간신히 조이기에서 풀려났지만 완전히 망가진 채로 숨을 헐떡이고 있는 임영섭.

이미 척추가 부러져 몸을 제대로 가누지도 못하는 상태였다.

일반인이었다면 진즉에 사망했을 중상이었으나 헌터의 초
월적인 생명력이 그의 목숨을 끈질기게 지탱하는 중이었다.

'보통 헌터보다 조금 더 강한 것 같기도 하고.'

최원호의 무심한 눈길 속에서 임영섭은 가늘게 발작했다.

"사, 살……."

"살려 달라고?"

바보 같은 소리.

대답할 가치도 없다.

오히려 최원호는 보름달 여우의 권능을 극한까지 전개하
면서 해청을 거꾸로 움켜쥐었다.

그리고 임영섭의 입안에다 칼끝을 쑤셔 박았다.

"네놈도 신인류의 간부겠지?"

"커, 허으억……."

"근데 신인류에 대해 말할 필요는 없어."

"……?"

"신인류에 관해서 생각도 하지 마. 알겠냐?"

무척 이상한 심문.

하지만 효과는 확실했다.

상대가 가장 중요한 정보들부터 떠올리기 시작한 것이다.

─말하지 말고? 생각하지도 말라고?

─설마 전부 알고 있다는 건가?

─신인류의 목적과 행적에 대해서……?

'코끼리에 대해 생각하지 말라고 하면, 더욱 확실하게 코끼리를 떠올리게 되는 법.'

그것은 공포와 혼란 속에서 이루어지는 무의식의 연상 작용이었다.

"라, 랄로……!"

"말로 하겠다고? 아니, 닥쳐. 입도 뻥긋하지 말라니까?"

괜히 떠들게 됐다가 고미정처럼 강제로 자폭하기라도 하면 오히려 그게 손해였다.

이미 생각의 흐름을 붙잡았다.

'그래, 계속 떠올려라.'

최원호는 보름달 여우의 눈을 유지하는 것에 모든 에너지를 아낌없이 쏟아붓고 있었다.

여기서 얻을 수 있는 모든 정보를 다 긁어내야 했다.

그는 상대의 가장 깊숙한 곳까지 침투한 상태.

임영섭의 컨디션이 최악을 달리고 있는 덕분이었다.

[정보 : 대상은 현재 극도로 약화된 상태입니다. 모든 정신 방벽이 파훼되어 있습니다.]

[알림 : '보름달 여우의 눈'이 94.5%의 효율로 발휘되고 있습니다.]

그렇게 신인류의 정보들이 차곡차곡 넘어오고.

마침내 작업이 끝났을 때.

"……뭐? 차원 역류? 이런 미친놈들이!"

분노에 휩싸인 칼날이 임영섭의 목젖을 꿰뚫었다.

콰직!

눈앞으로 계속해서 떠오르는 시스템 메시지들.

   [알림 : 특성 '야성'이 반응하고 있습니다.]

   [알림 : 특성 '야성'이 반응하고 있습니다.]

   [……]

하지만 정작 어지러운 것은 눈앞이 아니라 마음이었다.

가슴 속에서 요동치는 감정의 파도를 쉽사리 누를 수가 없었다.

화가 난다.

이렇게나 격렬한 분노는 지구로 돌아온 첫날 이후 꽤 오랜만에 마주한 것이었다.

"끄르르르……."

"후우우……."

피거품을 게워 내며 죽어 가는 놈의 머리통을 박살 내지 않기 위해서 난 모든 인내심을 동원하는 중이었다.

'임영섭이라고 했지?'

놈과 신인류가 한 짓을 돌이켜보면 당장에 사지를 찢어 죽여도 모자라지 않았다.

하지만 기억을 읽고 보니 마지막에 해야 할 일이 하나 더 생긴 상태.

[알림 : 대상이 그로기 상태입니다. 더 이상 정보를 읽어 낼 수 없습니다.]

'정보는 이미 뽑아낼 만큼 뽑아냈고.'

이제 물증을 잡아낼 차례였다.

여기서 임영섭의 아공간 주머니를 털 것이다.

아이러니하게도 놈이 나의 퓨리 에너지를 가득 채워 준 덕분에 가능한 일이었다.

[권능 : '배신자 하이에나의 그림자'.]

신인류가 사용하는 '피의 지배'와 마찬가지로 대상의 정신을 조종하는 권능.

발밑에서 시작된 시커먼 그림자가 임영섭을 덮쳤다.

동시에 퓨리 에너지가 엄청난 속도로 빠져나가기 시작했다.

[안내 : 현재 경지가 부족하여 권능을 온전히 사용할 수 없습니다.]

빨리 끝내야 한다.

'어차피 명령은 딱 하나만 집어넣으면 돼.'

정신 연결을 최대한 단단하게 만들고, 나는 백지처럼 텅 비어 있는 놈의 머릿속에다 아주 간단한 명령을 때려 박았다.

"아공간 열어."

그러자 임영섭이 멍하니 따라 했다.

"아겅강 여러……."

공간의 일부가 이지러지며 아가리를 벌렸다.

와르르 쏟아지는 소지품들.

바로 임영섭이 가지고 있던 물건들이었다.

익숙한 모양의 반지 서너 개가 눈에 걸렸다.

'심혁필이 사용하던 그 반지와 같은 거야. 무왕이 직접 준…….'

내가 그것을 거둔 다음 순간.

"끄윽……."

놈이 숨을 거두었다.

임영섭의 죽음과 함께 떠오르는 시스템 메시지들이 있었다.

[알림 : 정체불명의 에너지를 사냥했습니다. '거신의 조각'이 힘을 흡수했습니다.]

[보상 : '알 수 없는 스탯'이 3만큼 올랐습니다!]

"……."

임영섭의 기억 정보를 습득한 뒤, 나는 이 메시지가 무엇을 의미하는지 약간이나마 힌트를 얻은 상태였다.

'힘의 파편.'

신인류의 지도자인 '예언자'가 수하들에게 나누어 주는 정체불명의 힘.

그 힘의 편린이 분리되어 나에게 흡수되고 있었던 것이다.

'정확히 말하자면 거신의 조각이 흡수하는 것이라고 해야겠지.'

무슨 원리인지는 모르겠다.

하지만 신인류를 계속 추적하다 보면 곧 알게 될 수 있을 것이다.

몸을 일으킨 나는 다시 움직이기 시작했다.

이제 일행에게로 돌아갈 시간이다.

"채 과장님, 오른쪽!"

"나한테 맡겨요!"

"승아야! 방어막 뚫린다!"

채윤기는 이규란과 어깨를 나란히 하고 몬스터들과 전투를 벌이고 있었다.

미리 들었던 대로였다.

안개가 사라지자 곳곳에서 게이트 몬스터들이 리젠되더니 곧바로 그들을 공격해 왔다.

나기니와 나가, 리자드맨.

염소와 개구리가 섞인 프로고트까지.

파충류와 양서류가 뒤섞여 몰려오는 모습은 보는 것만으로도 끔찍한 것이었다.

특히 장유민과 성수진은 얼굴이 하얗게 질릴 정도였다.

하지만 이규란과 도승아가 후배들을 독려하며 앞으로 나섰다.

우선 방어전에 적당한 지형을 고르고, 최신우를 가장 안쪽에 숨겨 둔 상태로 그들은 전투를 시작했다.

그리고 오랜만에 마주한 시스템 메시지.

[레벨이 올랐습니다!]

모두가 한 단계씩 레벨 업을 경험하자 분위기는 급격히 반전되었다.

"C등급, 생각보다 할 만한데요?"

"그러게 말이야! 선배들 실력이 전혀 녹슬지 않았네?"

"좋아! 이대로 가자!"

자신감에 찬 눈빛을 주고받는 헌터들.

레벨 업도 레벨 업이지만 그들은 C등급 게이트에서도 자신들의 실력이 통한다는 사실에 기뻐하고 있었다.

하지만 불안감이 아주 없는 것은 아니었다.

채윤기는 그것을 분명하게 느낄 수 있었다.

그 자신도 그랬으니까.

'두려움이라…….'

어디서 오는 감정일까.

갑작스럽게 게이트를 공략하게 돼서?

자신들의 적정 수준을 상회하는 C등급이라서?

……아니, 그런 문제가 아니었다.

'그냥 게이트라서 두려운 거야.'

이곳은 원래 세계와 얼마나 떨어져 있는지 알 수 없는 차원의 틈새다.

출구는 막혀 있고 어디에선가 몬스터들은 끝없이 기어 나온다.

이 지옥에서 살아남아 보스 몬스터를 사냥해야지만 집으로 돌아갈 수 있게 되는 것이다.

'물론 이게 원래 헌터들이 하는 일이라고는 하지만…….'

흔적조차 남기지 못하고 죽을지도 모른다는 불안감.

어쩌면 죽느니만 못한 고통을 당하게 될지도 모른다는 두려움.

그건 무엇으로도 막아 낼 수 없는 감정들이었다.

상상 이상의 압박감이 헌터들을 무겁게 짓누르고 있었다.

채윤기는 쓴웃음을 지었다.

'아무리 반복해도 익숙해질 수 없겠지.'

새삼 레이드 헌터가 아닌 공무원이 되길 잘했다는 생각이 들었다.

적어도 오늘 여기서 나가지 못하더라도 현충원에 안장될 수는 있을 테니까.

그런데 바로 그때.

[알림 : 게이트 미션 중 '미니 보스 제거'가 완수되었습니다!]

1번 미션에 이어, 2번 미션까지 완료되었음이 공표되었다.

"선배, 이건……?"

"백수현 헌터님이 성공한 길까요?"

긴장감 속에서 헌터들의 눈빛이 얽혔다.

단지 시스템 메시지만으로는 최원호 쪽의 상황을 제대로 알 수가 없었으니 긴장하는 것이 당연했다.

아군이 거꾸로 당했다고 해도 시스템 메시지는 똑같이 출력될 터.

만약 그 쥐를 닮은 남자가 승리했다면…….

'어떤 희생을 치르더라도 당장 쫓아가서 싸워야 해.'

오히려 그것이 희생을 최소화할 수 있는 선택지였다.

"우선 10분만 기다려 보고! 수현 씨가 돌아오지 않으면 팀을 쪼개서 움직인다!"

몬스터들과의 숨 막히는 공방전이 이루어지고 있었지만 이규란은 그렇게 판단했다. 설령 다섯 사람이 다 죽는다더라도 채윤기와 최신우는 살려서 내보겠다는 생각이었다.

하지만 결과적으로 팀이 쪼개지는 일은 없다.

콰직!

캬하아아악!

끼에에에…….

무자비한 톱날검의 공격에 나기니들과 리자드맨들이 일거에 쓸려 나갔으니까.

"수현 님!"

"다들 잘 버티고 있었네. 고생했어."

돌아온 남자의 칼날 위로 희미한 마력의 그림자가 넘실거리고 있었다.

'어? 저건?'

이규란과 도승아의 눈동자에 이채가 스쳤다.

'……소드 코트?'

칼날 표면에 마력을 입혀 파괴력을 증강시키는 스킬.

아무리 빨라도 레벨 50은 되어야 사용할 수 있다고 알려져 있었으니, SR급 헌터들의 전유물과도 같은 기술이라고 할 수 있었다.

'희미하긴 해도 소드 코트를 쓴다는 건 역시…….'

'수현 님이 레벨 50 이상의 헌터라는 뜻이겠지?'

두 사람은 또 하나의 새로운 오해를 시작했다.

하지만 사실 그 마력 방출은 소드 코트가 아니라, 해청의 새로운 시도 중 하나였다.

왠지 이렇게 하면 파괴력을 올릴 수 있을 것 같다며 도전한 결과물이었던 것이다.

'마력 효율이 좋지 않아서 못 쓰겠지만 말이야.'

어쨌거나 오해를 바로잡을 방법은 없다.

최원호는 모르는 척 헌터들에게 손짓했다.

"다들 모여 봐."

그의 심각한 표정에 헌터들은 조금 긴장된 얼굴로 집결했고.

"내가 알아낸 것에 대해 설명할게."

신인류.

그 괴집단에 대한 이야기가 처음으로 세상 밖으로 풀려 나오기 시작했다.

일전에 장유민은 신인류가 점조직으로서 관리되고 있다고
했다.

하지만 그건 반쪽짜리 정보였다.

"신인류는 크게 세 개의 구역으로 나누어서 관리되고 있
어. 그중에서 아시아 권역에 속한 한국은 '무왕'의 구역이고."

"그럼 나머지는?"

채윤기가 수첩에다 내 이야기를 옮겨 적고 있었다.

"'백작'이 유럽 일대를 관할하고, '이사장'이라는 놈이 북
미를 잡고 있어. 아직 전 세계에 다 퍼져 있는 건 아닌 모양
이야."

"백작과 이사장이라? 그러면 그들을 통솔하는 머리는 따
로 있다는 말인가?"

나는 고개를 끄덕였다.

"이외에도 간부들 몇 사람이 더 있고. 그중에서 '예언자'라
는 놈이 가장 위에 앉아 있는 것 같아."

그러자 채윤기의 손이 멈칫했다.

"예언자……?"

그와 동시에 여자들의 표정도 묘하게 변하기 시작했다.

신우마저도 그랬다.

사정을 짐작할 수 없었기에 미간을 찌푸릴 수밖에 없었다.

"뭔데 그래?"

그러자 이규란이 고개를 기울이며 되물었다.

"예언자를 모르십니까? 작년부터 유명했던 이야기인데요."

"······?"

"하하, 우리 오빠가 외국에서 들어온 지 얼마 안 돼서요."

"세계적으로 유명한 이야기였던 것 같은데."

"원래 그런 가십에 둔해요, 이 오빠가. 하하하!"

내 필연적인 무지에 대해 신우가 필사적으로 둘러댄 뒤, 짧은 이야기가 잠시 이어졌다.

작년에 등장한 정체불명의 '예언자'가 세 군데의 차원 역류를 예언했는데.

그게 고스란히 현실로 이루어졌다는 내용이었다.

"차원 역류······."

잠시 생각에 잠겨야만 했다.

우연인지 내가 다음에 하려던 말도 그 내용이었으니까.

"신인류의 예언자도 차원 역류와 관련이 있어. 하지만 차원 역류를 예언하는 건 아냐. 오히려 반대지."

"반대라니?"

"그놈은 차원 역류를 조작해. 차원 역류 현상을 유도할 수 있어."

"······!"

모두의 표정에 깊은 당혹감이 스쳤다.

다들 상상도 해 본 적 없는 일일 테니까.

"그, 그게 말이 돼? 사람이 차원 역류를 유도한다고? 어떻게 그럴 수가 있어?"

신우는 차원 역류로 인해 가까운 사람을 둘이나 잃었다.

그중 나는 지구로 돌아왔지만 영하 누나는 여전히 행방불명.

게이트가 먹어 치운 것이나 다름없었다.

그러니 충격을 넘어 분노를 느낄 수밖에 없을 것이다.

아까 내가 그랬듯이 말이다.

"그건 몰라."

나는 계속해서 설명했다.

"예언자가 차원 역류를 일으키는 방법에 대해서는 임영섭도 알지 못했어. 하지만 분명한 건 이게 정말로 일어나는 일이라는 거야."

그러자 채윤기가 핵심을 찔렀다.

"왜? 대체 뭘 위해서?"

예언자가 차원 역류를 일으키는 목적이 무엇이냐는 것이다.

이건 장유민에게 들었던 내용과 일맥상통하는 건데…….

"신인류는 이 세상과 게이트가 하나로 합쳐져야 한다고 생각하는 놈들이지."

"아, 그래. 그건 나도 장유민 헌터한테 얼핏 들었어."

그렇다면 이야기가 좀 더 빠르겠군.

"생각해 봐. 뭘 어떻게 하면 이 세상이 게이트와 하나가 될 수 있을 것 같아?"

"……이 세상이 게이트와 하나가 될 수 있는 방법?"

"그래."

혼란스러운 표정의 헌터들이 서로 시선을 교환하며 생각에 잠긴다.

"게이트에 있는 모든 것을 세상에 풀어놓아야 하지 않을까요?"

가장 먼저 입을 연 것은 후방에서 방어를 지원한다고 했던 김윤미였다.

그리고 그녀의 말은 꽤나 핵심에 근접했다.

나는 고개를 끄덕였다.

"맞아. 정말 '게이트에 있는 모든 것'을 세상에다 그대로 구현할 수 있다면, 그때부터는 지구 전체가 하나의 게이트가 된 것이라고 할 수 있겠지?"

그러자 도승아가 입술을 깨물었다.

"게이트를 역류시켜 몬스터를 바깥으로 끌어내려 하는 거군요? 세상 천지에 마물들을 풀어놓고 싶어서 그린 짓을……!"

하지만 나는 고개를 저었다.

"게이트에는 그냥 몬스터들만 있는 게 아니잖아. 그보다 더한 것들이 있지. 상위 등급으로 올라가면 갈수록 말이야. 게이트에서 몬스터 사냥보다 더 가치 있는 걸 생각해 봐."

내가 그렇게 말하자 헌터들의 표정에 일제히 물음표가 찍혔다. 대체 게이트에 몬스터보다 더한 게 무엇이냐는 표정들.

나는 쓸쓸하게 웃었다.

'하긴. 아직은 게이트를 몬스터들의 집합소 정도로 여길 시기구나.'

그러나 게이트의 본질은 따로 있다.

몬스터는 이것을 수행하기 위해 존재하는 하나의 수단일 뿐이다.

이걸 일깨워 줘야겠다.

"……미션. 게이트의 존재 이유는 미션이야."

"아!"

내가 딱 찍어서 말하자 여헌터들의 표정에 빠르게 깨달음이 스쳤다.

하지만 채윤기는 감을 못 잡은 듯했다.

"뭐? 미션? 그게 무슨 말이지?"

이 공무원 양반은 레이드를 안 뛰니까 이해가 느릴 법했다.

"잘 생각해 보라고."

나는 차근차근 설명했다.

"우리가 여기서 나기니를 수만 마리 사냥한다고 해서 게이트에서 나갈 수 있어? 아니잖아? 그럼 뭘 해야 출구를 열고 바깥으로 나갈 수 있지?"

"세 가지 미션을……. 아!"

"그래, 그거야. 게이트는 그냥 몬스터를 사냥하는 곳이 아니라, 미션을 수행하는 공간이야."

그러므로 이야기는 이렇게 된다.

"세상이 게이트와 하나가 된다는 것은 게이트 미션이 우리 세계에 생겨난다는 것과 마찬가지야. 그렇다면 미션을 어떻게 만들어 낼 수 있을까? 무엇이 미션을 만들어 내는 걸까?"

"……."

아마도 신인류의 예언자가 했을 고민.

게이트의 본질을 넘보는 통찰은 야수계에서도 별다른 성과가 없었던 것이다.

하지만 힌트는 이미 주어져 있었고, 예언자는 그 퍼즐의 조각들을 맞춰 두었다.

게이트에 존재하는 것.

그러나 원래 우리 세계에는 존재하지 않았던 것.

그리고 미션이 끝나면 서서히 고갈되는 것.

그것은 바로…….

"마력이지."

그랬다.

'마치 바짝 메마른 논에 물꼬를 터서 물을 대는 농부들처럼.'

신인류는 수단과 방법을 가리지 않고 이 세계에 '마나'라는 에너지를 쏟아붓는 작업을 하고 있었던 것이다.

계획이 있는 뉴비

안전한 곳에서 신우의 회복이 끝난 뒤.

나는 헌터들을 데리고 가장 거대한 호수를 향해 움직였다.

"……."

"……."

다들 말이 없었다.

내가 이야기했던 그 내용을 저마다 복기해 보는 것이겠지.

그건 나도 마찬가지였다.

임영섭의 머릿속에서 읽어 낸 것들이 계속해서 머릿속을 어지럽히고 있었다.

'예언자는 대체 무슨 수법으로 차원 역류를 유도할 수 있다는 걸까?'

차원 역류 현상.

말 그대로 게이트가 거꾸로 쏟아져 나오는 현상이다.

이 재앙은 반경 5킬로미터 이내의 모든 것을 일소시키는 '마력 폭발'과 함께 시작되고.

게이트 안에 있는 모든 몬스터들을 세상에다 쏟아부어 인명 구조 활동은 물론, 피해 상황을 제대로 파악하는 것조차 어렵게 만든다.

경우에 따라서는 화염이나 전기 속성의 후폭풍을 동반하여 예측한 것보다 광범위한 지역까지 피해를 입히기도 한다.

종합적으로 따져 보자면 방사능 낙진만 없을 뿐이지, 전술핵무기 하나가 자국 영토에 투하되는 것이나 다름없는 재난이었다.

게이트 사태가 시작된 이래로 각국 정부는 이 현상을 방지하고 대처하기 위해서 다양한 연구를 해 왔다.

그러나 알아낼 수 있었던 것은 오로지 세 가지 법칙뿐.

첫 번째, 게이트의 공략 가능 시간이 남아 있는 동안에는 절대로 역류하지 않는다.

두 번째, 공략 가능 시간이 끝나더라도 역류는 즉시 일어나지 않을 수 있다.

세 번째, 하지만 공략되지 않은 게이트는 언젠가 반드시 역류한다.

'사실 네 번째로 공략된 게이트도 이상 현상을 일으켜 초

기화된 다음에 역류될 수 있다는 것도 확인했지만, 이건 정부 측에서 부인하는 사실이고.'

어쨌거나 가장 좋은 것은 당연히 공략 가능 시간 안에 게이트를 공략하고 폐쇄시키는 것이다.

그러나 만약 시간 안에 공략하는 것에 실패했다면?

'눈치 싸움이 시작되는 거지.'

게이트와의 눈치 싸움.

유능한 헌터들을 투입해서 시간 외 공략을 통해 게이트를 폐쇄해 버릴 수도 있다.

하지만 시간 외 공략 중에 역류가 시작될 수도 있다.

그러면 투입된 헌터들은 그대로 끝장이다.

……바로 내가 그랬던 것처럼.

'또는 영하 누나처럼 공략 가능 시간이 끝나자마자 역류에 휘말릴 수도 있고.'

이처럼 차원 역류는 시간을 다 채운 시한폭탄과도 같았다.

누군가 위험을 감수한다면 해체할 수 있는 것처럼 보이지만.

폭탄을 해체하기 전까지 터지지 않으리라고 감히 장담할 수가 없었던 것이다.

그런데 신인류는 게이트의 역류 현상을 유도할 수 있다고 한다.

2021년 12월 전남 완도 D등급 게이트 '바다 너구리의 둥지'.

2022년 8월 경북 울진 C등급 게이트 '어둠의 크랩킹 동굴'.

2023년 3월 충북 음성 B등급 게이트 '얼어붙은 환각 미로'.

세 차례 일어난 차원 역류 모두 신인류의 소행이었다.

'차원통제청과 언론은 적당히 은폐하는 것에 성공했지만 말이야.'

그들은 단지 게이트 관리 부실을 성토하는 여론의 뭇매를 피하기 위하기 위해 노력했을 뿐이다.

아마 당시에는 차원 역류가 신인류라는 집단과 관련이 있을 거라고 예상조차 하지 못했을 것이다.

어쨌거나 그것은 분명 신인류가 거둔 성과였다.

'사실 그뿐만이 아니지.'

최근 전 세계적으로 차원 역류 현상이 증가 추세에 있었던 것도 신인류와 무관하지 않아 보였다.

무왕의 관할지인 아시아 일대와 백작의 서유럽, 이사장의 북미.

이들 지역에서 일어난 차원 역류 현상들은 신인류와 관계가 있을 가능성이 컸다.

'최소 수십 건. 어쩌면 수백 건.'

전 세계에서 수많은 인명이 무의미하게 희생되었다.

셀 수 없을 만큼 많은 영하 누나가 생겨난 것이다.

'그리고 나와 신우처럼 부모를 잃은 아이들도 생겼겠지.'

"……"

분노를 넘어 허망함까지 느껴질 정도였다.

그렇기에 나를 비롯한 헌터들은 아무런 말없이 사냥을 진행하며 앞으로 나아갔고……

[알림 : 게이트 보스 '은백색 라미아 여왕'의 관할 구역에 진입했습니다!]

이 게이트의 최종 보스와 만나기 직전이 되었을 때.

"이봐, 채 과장."

"음?"

"미리 해 둘 이야기가 하나 있어. 아마 꽤 솔깃할 것 같은데."

"……?"

나는 차원통제청의 조사관과 함께 작당모의를 시작했다.

본격적으로 신인류를 잡아서 족치기 위한 계획.

"골치 아픈 제안이군."

채윤기는 망설이는 듯한 표정을 짓고 있었다.

하지만 나는 그 입꼬리가 슬쩍 올라가는 것을 놓치지 않았다.

"나한테 시간을 조금만 줄 수 있을까?"

"물론."

잠시 고민하는 척하다가 승낙할 생각이겠지.

어쨌거나 그렇게 이야기를 마친 나는 거대한 호수를 잠시 응시했다.

……신인류.

'세상과 게이트를 합치기 위해서 게이트를 역류시키겠다고?'

그럼 난 너흴 모조리 찢어발길 거다.

단 한 놈도 남겨 두지 않고 전부 다.

'휴, 간신히 회복됐네.'

마력 체계를 점검한 최신우는 내심 안도의 한숨을 내쉬
었다.

드디어 모든 마력 기능이 정상이 되돌아왔다.

'조마조마했네…….'

알고는 있었다.

다르눈노스의 힘을 빌리게 되면 두세 시간 정도는 완벽하
게 무력한 상태에 빠지리라는 것을.

이미 최원호는 충분한 설명을 통해 자신을 안심시켜 주
었다.

하지만 한번 마법을 잃었던 경험이 있었던 그녀는 불안감
을 느낄 수밖에 없었다.

다시 떠올리기조차 싫은 시간이었으니까.

이규란을 비롯한 헌터들의 등 뒤에 숨어 있는 것도 고약한

경험일 수밖에 없었다.

하지만.

'……아주 나쁜 것만은 아니었어.'

일단 레벨이 한 단계 올랐다.

다르눈노스를 조종하여 나기니들을 사냥한 것 역시 최신우가 이룬 업적으로 인정된 덕분이었다.

그리고 무엇보다 완전히 새로운 힘을 경험했다.

검술 약간과 대부분 마법만 사용하던 입장이었는데, 정령술이라는 제3의 분야에 한 발을 담가 보니…….

'짜릿해. 엄청 재밌었어!'

그 손맛이 도저히 잊히지 않을 만큼 강렬하게 남아 있었다.

최신우의 머릿속에서 생각들이 바쁘게 움직였다.

'정령술을 아예 파고들어 봐? 별로 알려지지 않은 분야라서 손대는 게 좀 무섭긴 한데. 그래도 알려지지 않았으니까 블루 오션이잖아?'

하반기에는 헌터 라이선스를 갱신하는 정기 인증 시험이 있다.

만약 정령술을 제대로 익혀서 기존 마법 스킬과 융화시킬 수 있다면……?

'R1급은 따 놓은 당상이지.'

그때까지 레벨 업이 제대로 이루어진다면 SR급에도 도전해 볼 수 있을 것이다.

'100%는 아니지만, 그래도 가능할 것 같은데?'

최신우는 충분히 할 수 있다고 생각했다.

도저히 안 될 거라고 생각했던 일을 이미 이루기도 했으니까.

그리고 무엇보다도 막히면 물어보면 되는 일이다.

한 세계의 모든 게이트를 폐쇄시키고 돌아온 END급 헌터가 바로 옆에 있잖은가.

그리고 그 위엄은 곧 모두에게 증명되었다.

[알림 : 게이트 보스 '은백색 라미아 여왕'의 수하들이 등장합니다.]

[경고 : 게이트의 지형이 변화할 수 있습니다! 주의하십시오!]

"뭐야? 보스의 가디언들에 관한 메시지가 따로 뜨는 건 처음 보는데?"

"지, 지형 변화? 이건 또 무슨 말이지?"

지금껏 C등급 게이트를 한 번도 경험해 보지 못한 블랙핑거 헌터들이 잠시 주춤하고……

쿠구구구구구구구……!

묵직한 굉음과 함께 거대한 호수의 중심이 요동치기 시작한 그 순간.

"……일곱, 여덟, 아홉. 지금."

담담히 숫자를 세고 있던 최원호가 움직이기 시작했다.

물이 가득 찬 호수를 향해 쏜살같이 앞으로 달려 나가는 것이었다.

그 모습에 헌터들은 잠깐 당황했지만 이내 그의 뒤를 따라서 달려갔다.

앞서 최원호가 그들에게 이야기해 둔 간단한 작전.

-내가 달리기 시작하면 좁은 쐐기꼴 형태로 대열을 만들어서 따라와. 왼쪽에는 채윤기 과장. 오른쪽에는 이규란 마스터. 오케이?

이러한 지시가 있었던 것이다.

그리고 헌터들은 곧 그 작전의 이유를 알게 되었다.

콰오오오오오오-!

바닥의 진동이 멈추는 것과 함께 모든 호수의 물이 공중으로 치솟았다.

그리고 거대한 물이 좌우로 갈라지며 공간을 드러냈다.

호수의 중심부로 향해 나아가는 하나의 통로.

마치 구약 속 신화의 장면처럼 호숫물이 벽이 되고, 그 사이로 길이 만들어진 것이다.

최원호가 호수에다 막 오른발을 들여 놓은 것과 동시에 일어난 일이었다.

'여기서 쉽게 가기 위해서는 무엇보다 타이밍이 중요해.'

그는 1초도 지체하지 않고 준비되어 있던 권능을 전개했다.

[권능 : '집요한 사냥개의 추적술'.]

청각을 강화하는 것과 동시에 경로를 바꾼다.
"놓치지 말고 제대로 따라와!"
젖은 땅 위를 이렇게 갈지자로 달려야 하는 이유.
그것은 적이 등장하기 전에 이쪽에서 먼저 공격해야 하기
때문이었다.

[정보 : 게이트 보스 '은백색 라미아 여왕'의 수하들은 바닥을 뚫
고 등장합니다.]
[경고 : 적의 진영이 갖추어지기 전에 공격해야 합니다!]

최원호는 그 메시지보다도 빠르게 움직였다.
'진영이 갖추어지기 전에 공격하는 수준이 아니라, 놈들이
대가리를 다 내밀기 전에 공격하는 거지.'
이것이 가장 빠르고 안전한 공략법이었다.
사냥개의 권능을 개시한 최원호는 몬스터들이 어디서 바
닥을 뚫고 나올 것인지를 거의 완벽하게 잡아낼 수 있었다.
꾸물거리며 들썩이는 호수 바닥을 그의 칼끝이 무자비하
게 찍어 눌렀다.

콰직!

손끝에 걸리는 선명한 느낌.

그리고 동시에 떠오르는 시스템 메시지.

[알림 : 준비되지 않은 상태의 C등급 몬스터 '은총 받은 나가 호위병'을 처치했습니다.]

'운이 좋았네.'

방금은 해청의 칼날이 정확하게 머리통에 꽂히며 원 킬이 떴다.

하지만 항상 그러리라는 법은 없다.

이건 제대로 보이지 않는 곳을 찌르는 공격이었으니까.

그렇기에 뒤를 따라오는 헌터들의 역할이 필요했다.

"다들 봤지?"

최원호는 뒤를 따르는 헌터들에게 손짓했다.

"지금처럼 내가 찍은 곳! 여길 확인 사살해! 알겠어?"

헌터들은 얼떨떨한 표정을 지으면서도 그의 의도를 이해하고 고개를 끄덕였다.

그렇게 속도전이 시작되었다.

[알림 : 준비되지 않은 상태의 C등급 몬스터 '충성스러운 프로고트 호위병'을 처치했습니다.]

[알림 : 준비되지 않은 상태의 C등급 몬스터 '순종하는 나기니 시녀'를 처치했습니다.]

　　[알림 : 준비되지 않은 상태의 C등급 몬스터 '충직한 리자드맨 무사장'을 처치했습니다.]

　　[……]

　　최원호는 미친 듯이 내달리며 가차 없이 땅을 들쑤셔 댔다.

　　간혹 빗나가기도 했지만, 그 뒤를 따르는 일곱 사람이 철저하게 확인 사살을 시행하고 있었다.

　　그런 덕분에 사냥은 믿을 수 없는 속도로 이루어지고 있었다.

　　헌터들은 쏟아지는 사냥 경험치에 혀를 내둘렀다.

　　'튀어나오는 순서를 완벽하게 읽으며 공격하고 있어.'

　　'마치 짜 맞춘 것처럼 정확하게…….'

　　'이거, 이래도 되는 건가?'

　　'미쳤다! 미쳤어!'

　　그들은 이대로 가면 게이트 보스 역시 어렵지 않게 사냥할 수 있겠다고 생각하고 있었다.

　　하지만.

　　"……끝났군. 이제 2페이즈로 들어간다."

　　발걸음을 멈춘 최원호가 해청의 칼날에 묻은 흙을 탁 털어 내며 중얼거렸다.

그의 말대로 몬스터들은 더 이상 바닥을 뚫고 기어 나오지 않고 있었다.

더 이상 이 방식으로 사냥할 수 없다는 이야기였다.

잠시 동안의 침묵.

"2페이즈라면 몬스터의 등장 패턴이 바뀌는 건가?"

채윤기는 검을 고쳐 들며 눈빛을 빛냈다.

사실 의아한 공략법이었으니까.

라미아 여왕의 가디언들이 한꺼번에 소환되기만 하면 최원호의 방식은 곧바로 파훼될 수밖에 없었다.

"나오는 순서가 바뀌는 모양이군."

그렇다면 본격적인 정면 돌파의 시작이라고 할 수 있다.

채윤기는 자신감을 보이며 앞으로 나섰다.

"이번엔 나에게 선봉을 맡기는 게 어때? 관통 스킬로 2인분을 해 줄 테니까."

하지만 최원호는 고개를 저었다.

'괜히 겁주기 싫어서 미리 얘기해 두지 않았더니…….'

오히려 쓸데없는 자신감만 불어넣어 준 셈이 됐다.

그는 헌터들에게 반대로 지시했다.

"조금 더 쐐기를 좁혀서 대열을 만들어. 가지고 있는 방패가 있으면 꺼내고."

"방패? 갑자기?"

"지금부터는 최대한 방어에 집중할 거야. 움직이지 말고

서로를 막아 주면서 버텨. 뒤로 물러나도 괜찮아! 무슨 말인
지 알겠어?"

그리고 다음 순간.

[정보 : 게이트 보스 '은백색 라미아 여왕'의 수하들이 호수로부
터 등장합니다.]
[경고 : 주의하십시오! 엄청난 적의 숫자입니다!]

경고 메시지와 함께 새로운 적이 출몰했다.
"……!"
바로 이 길을 만들어 준 물의 벽 너머에서…….
"뭐, 뭐가 이리 많아!"
"으아아아아! 징그러워!"
셀 수 없이 많은 몬스터들이 헌터들을 빈틈없이 에워싸며
바글바글 몰려들고 있었던 것이다.

"세상에……!"
지금껏 잘해 왔던 이규란마저도 넋이 나갈 정도였다.
아무리 적게 잡아도 수백 마리.
많아도 너무 많은 숫자였다.

약해지지 않으려고 애썼지만 마음 한구석이 시커먼 두려움으로 물드는 것은 피할 수 없는 일이었다.

'지금 우리가 이걸 다 상대해야 된다고?'

그리고 또 하나.

'이렇게 많은 가디언을 수하로 부리는 게이트 보스는 대체 얼마나 강하다는 거야? C등급은 차원이 다르다는 건가?'

아직 게이트 보스는 구경조차 하지 못했다는 사실이 그녀를 서서히 절망으로 내몰고 있었다.

"……."

"……."

모든 헌터들이 다 그랬다.

그들은 각자의 충격과 비슷한 생각으로 얼어붙어 있었다.

하지만.

"다들 왜 멍 때리고 있어? 방어할 준비하라니까?"

최원호는 달랐다.

"이것들이……."

헌터들의 굳은 표정을 확인하고는 눈을 부릅뜨며 소리쳤다.

"방패 꺼내, 이 멍청이들아! 전부 뒈지고 싶은 거 아니면 정신 똑바로 차리라고!"

헌터들의 뺨을 한 대씩 후려치는 듯한 고함.

"눈 크게 뜨고 방패 올려! 내가 하라는 대로만 하면 돼! 알았어?"

그 말을 남긴 남자는 뒤도 돌아보지 않고 앞으로 성큼성큼 나아갔다.

마치 자신에게 맡겨 두라는 듯이 말이다.

"……!"

최원호의 뒷모습을 홀린 듯이 쳐다보던 이규란이 뒤늦게 헌터들에게 소리쳤다.

"전원 방어 준비!"

그러자 서서히 돌아오기 시작한 눈빛들.

"그라운드 디그!"

"피직스 익스클루전!"

마법사들은 지형을 조절한 뒤 물리 방어막을 꼼꼼하게 전개했고.

"채 과장님이 후위를 받쳐 주세요. 틈이 보이면 찔러 주시고요."

"알겠습니다."

"승아, 넌 나랑 버티는 것에 주력해."

"네, 선배."

전위에서는 역할 분담이 이루어졌다.

수백의 몬스터가 몰려들고 있었지만, 헌터들의 머릿속에서는 새로운 생각들이 떠오르고 있었다.

'어쩌면 살아남을 수 있을지도 몰라.'

'방어만 하라고 했잖아. 전부 사냥할 필요는 없단 말 아

니야?'

'설령 죽더라도 싸우다가 죽는 게 낫지!'

여전히 혼란스러움은 남아 있었지만 그 가운데에서도 묘한 투지가 피어오르고 있었던 것이다.

그리고 전투가 시작되었다.

놀랍게도 그 양상은 헌터들이 생각했던 것과 전혀 달랐다.

[알림 : C등급 몬스터 '저돌적인 프로고트 돌격병'을 처치했습니다.]

[알림 : C등급 몬스터 '충실한 나가 호위병'을 처치했습니다.]

[알림 : 레벨이 올랐습니다!]

[…….]

"세상에."

"뭐, 뭐야? 이게 된다고?"

오히려 당황스러운 레벨 업이 다시 한번 시작되고 있었다.

키에에에엑!

-죽-여-라-!

갈라진 물의 벽으로부터 쉼 없이 쏟아져 나오는 몬스터들.

이런 종류의 난전엔 칼 한 자루를 드는 것보다 내 손끝과 발끝을 강화하여 후려치는 편이 좀 더 낫다.

'이게 퓨리 에너지를 재흡수하기에도 효율이 좋고.'

해청을 넣어 둔 나는 그렇게 몬스터들을 직접 찍어 누르면서 전진하고 있었다.

빠아악! 콰직!

내가 뚫고 나가는 사이, 저 뒤쪽에서는 이규란을 필두로 한 헌터들이 힘겨운 방어전을 치르고 있었다.

처음부터 바짝 긴장하고 시작했으면 좋았을 텐데.

몬스터의 숫자에 압도당해서 손발이 좀 느린 감이 있다.

하긴 내 잘못도 없진 않았다.

'……그냥 미리 얘기해 줄 걸 그랬나?'

솔직히 이렇게까지 얼어붙을 줄은 몰랐으니까.

하지만 다시 생각해 봐도 이건 어쩔 수 없는 일이었다.

'무조건 이쪽이 이득이란 말이야.'

지금 이쪽으로 몰려드는 어마어마한 숫자의 몬스터들.

이들은 이른바 '비례형 소환'에 의해 나타난 것들이었다.

비례형 소환이란, 일부 보스 몬스터의 전투 특징 중 한 가지로서.

레이드 헌터가 많으면 많을수록 더 많은 가디언을 소환하여 쏟아붓는 전투 형태를 의미했다.

즉, 헌터의 숫자와 가디언 몬스터의 숫자가 연동된다는 것이다.

바로 지금처럼 말이다.

'대충 봐도 오백? 육백?'

이게 여덟 명의 몫이다.

다만 나 혼자 들어온다고 해도 8분의 1이 튀어나오는 것이 아니었다.

아마 12분의 1 정도였겠지.

비례형 소환이 단순한 정비례가 아니라, 헌터들의 시너지 효과까지 계산에 넣고 있기 때문이었다.

'이걸 헌터들에게 미리 이야기해 뒀다면 다들 호수에 들어오지 않으려고 했겠지.'

소환될 몬스터를 줄이자는 이야기가 반드시 나왔을 것이다.

어찌 보면 쉽게 공략할 수 있는 방법이었다.

하지만 그건 내가 원하는 바가 아니었다.

이왕 초기화된 게이트, 여기서 거둘 수 있는 최대한의 이득을 거두어야만 했다.

그 이득에 사냥 경험치가 포함되는 것은 지극히 당연한 일이었다.

'그러니까 몬스터들을 최대한으로 땡겨야 돼.'

앞서 헌터들에게 이 상황에 대해서 미리 이야기해 주지 않은 것은 그런 이유에서였다.

그리고 지금.

[경고 : 주의하십시오! 엄청난 적의 숫자입니다!]
[경고 : 주의하십시오! 엄청난 적의 숫자입니다!]

[……]

마침내 모든 가디언 몬스터의 소환이 끝났다.

적의 숫자를 경고하는 메시지의 행렬은 그런 의미였다.

'헌터들과는 충분히 멀어진 것 같고……. 슬슬 시작해 볼까?'

손끝으로 몬스터들의 급소를 찢어 가르며 전진하던 나는
목표를 바꾸었다.

……놈들의 주둥이.

'정확하게는 턱 근처. 혀 아래의 깊은 곳.'

그곳에 나의 무기가 숨겨져 있었다.

바로 혈사독(血蛇毒).

인간의 얼굴로 뱀의 혓바닥을 날름거리는 몬스터들이 한
결같이 가지고 있는 맹독이었다.

레이드를 뛰는 헌터 입장에선 무엇보다 이빨이 박히는 순
간을 주의해야만 했다.

한번 독이 퍼지면 행동 불능에 이르기까지는 얼마 걸리지
않으니까.

하지만 그 독을 거꾸로 사용한다면 어떨까?

'심지어 더욱 강력한 형태로 바꾸어 쓴다면?'

서걱!

키야아아아아!

내가 주둥이 근처를 깊게 베어 내자 나기니는 피 맺힌 비

명을 내질렀다.

동시에 부서진 턱을 흔들어 대며 악령처럼 나에게 달려들었다.

하지만 나는 이미 목표를 거둔 뒤였고…….

"미안하지만 이거나 먹어라!"

다른 방향에서 달려드는 리자드맨 하나를 그대로 끌어당겨 던져 버렸다.

케엑!

캬아앗!

서로 다른 일족으로서 사이가 좋지 않은 두 놈이 치고받으며 싸움을 시작했을 때.

나는 피와 독이 절반씩 담긴 주머니를 움켜쥐고 있었다.

〈혈사독 주머니〉

[내단] 뱀 형태의 몬스터에게서 채취한 기관. 강력한 맹독을 품고 있다. 신선하기는 하지만 저급해서 흡수하기에는 적당하지 않다.

"흡수하긴 누가 이딴 걸 흡수한다고."

나는 몬스터들의 틈바구니에서 방향을 바꾸어 돌아섰다.

그리고 두 가지를 체크했다.

첫 번째는 일행들과의 거리.

'이건 괜찮고.'

두 번째는 바람의 방향.

지금 우리가 있는 곳은 호숫물이 갈라지며 만들어진 특수한 장소였기에 풍향은 이리저리 요동치고 있었다.

'이건 별로 안 좋은데 상황이 여의치 않아.'

……어쩔 수 없다.

숨을 참는 수밖에.

"해청, 굉소 준비해. 최대 출력으로."

-어? 응! 알았어! 주인!

나는 해청을 뽑아 드는 것과 함께 혈사독 주머니를 쥐어짰다.

기이이이잇-!

요란한 진동을 일으키는 해청의 칼날 위로 독액을 전부 짜내는 것이었다.

마치 초음파 가습기가 진동판을 흔들어 물을 수증기로 만드는 것처럼.

-캬아, 피에 취한다! 나는 시방 위험한 짐승이다!

'……?'

약간 정신 줄을 놓아 버린 해청의 칼날이 혈사독을 기체의 형태로 바꾸어 사방으로 날려 보내기 시작한 것이다.

털썩, 털썩.

근처의 몬스터들 예닐곱이 동시에 쓰러졌다.

멋모르고 다가오던 다른 프로고트들이 눈알을 까뒤집으며

쓰러졌다.

그만큼 강력한 독공이었다.

하지만 나는 자세를 낮추며 빠르게 움직였다.

'이제 시작이야.'

쓰러진 놈들은 이 공격의 마중물에 불과했다.

독성 기체는 위로 퍼지는 법이고, 동시에 호흡을 통제하면 맹독 한가운데에서도 비교적 자유롭게 움직일 수 있다.

숨을 참고 허리를 숙인 채, 나는 순식간에 다섯 개의 혈사독 주머니를 더 채취했다.

'해청, 최대한 얇고 긴 형태로.'

-크크큭, 신선한 피의 맛이군.

이상한 콘셉트 잡지 마.

-……넵.

길쭉한 형태로 변한 해청이 혈사독 주머니들을 꿰뚫었다.

흡사 다섯 개의 고깃덩어리를 꿰찬 꼬치 같은 모양.

하지만 이것은 죽음을 부르는 꼬치였다.

'지금! 굉소!'

기이이이이잇-!

칼날이 다시 한번 울음을 터트렸다.

금속의 표면을 타고 흐르던 독극물이 비말이 되어 사방으로 튕겨 나갔다.

마치 붉은 연막탄을 터트린 것처럼 홍염의 안개가 빠르게 퍼져 나가기 시작했다.

그리고 나는 호흡을 억제하며 조금이라도 더 많은 몬스터들이 있는 곳으로 움직였다.

털썩, 털썩.

맥없이 쓰러지는 게이트 보스의 가디언들.

키에에엑…….

캬하악.

놈들은 뭔가 잘못되었다는 깨달았는지 슬슬 물러나기 시작했지만 가스가 퍼지는 것이 더 빨랐다.

독공의 밀도 자체가 올라갔기에 조금이라도 들이마시면 나도 함께 쓰러질 만큼 위험한 상황이었다.

하지만 나는 오히려 더 속도를 올렸다.

'최대한 빨리 끝내자.'

그래야 다음을 준비할 수 있으니까.

3페이즈에서는 나도 긴장감을 가져야만 했다.

하지만 슬슬 숨이 가빠진다.

"……크읍!"

젠장.

무호흡 관련 권능이 뭐가 있었더라?

이제 독공이 궤도에 올랐는데 호흡이 모자랐다.

'이래서 레벨이 낮으면 몸이 고생…….'

-주인, 날 그냥 땅에 꽂아 놓으면 안 돼?

응? 뭐?

–굳이 들고 있을 필요 없는 것 같다는 생각이 들어서. 나한 테 마력만 충전되어 있으면 굉소는 계속 쓸 수 있잖아?

'오, 그거 좋은 생각이네.'

땅에 꽂아 놓는 것보다 더 나은 생각이 떠올랐다.

우선 혈사독 주머니들이 칼날에서 이탈하지 않도록 해청 을 톱날 형태로 재조정하고.

녀석의 말대로 충분한 마력을 채워 준 뒤.

"흡!"

–우와아아앗……!

나는 몬스터들의 한복판으로 해청을 냅다 던져 버렸다.

휘리리릭!

작게 들려오는 정신 파동.

–세상에! 날 투척하다니, 내가 무슨 수류탄이야?

날아간 녀석은 충격을 받은 듯했지만 할 일을 제대로 해내 기는 했다.

몰려들던 몬스터의 행렬이 주춤하더니 거꾸로 도망치다가 곧 픽픽 쓰러지고 있었다.

'그래, 잘하네.'

나는 씩 웃어 줬다.

"수류탄은 아니지만 생화학 무기는 되겠지. 숨 참기 힘들 었는데 고맙다!"

-우이씨!

그럼 슬슬 마무리를 지어 볼까?

채윤기는 서서히 공세가 누그러지고 있음을 깨달았다.

"선배! 틈이 보여요!"

"밀고 나가자. 할 수 있어. 강화 마법 걸어 줘!"

방어에 전념하던 도승아와 이규란이 공세로 돌아설 정도였다.

"어, 저건……?"

고개를 들자 저 멀리에서 알 수 없는 붉은 연기가 치솟으며 가디언 몬스터들을 쓸어버리는 것이 보였다.

'어디서 저런 극독이 난 거지?'

하지만 그보다도 무서운 것은, 무기가 없어도 무시무시한 파괴력을 보여 주는 헌터의 존재였다.

마치 맹수처럼 예리한 손끝을 갖춘 최원호는 짐승보다 더 사나운 기세로 날뛰고 있었다.

독공으로 몬스터들을 혼란에 빠뜨리더니 그들을 무자비하게 찢어 죽이는 것이다.

야차 같은 모습에 채윤기는 마른침을 꿀꺽 삼켰다.

'저 자식은 전혀 두려워하지 않는구나.'

오히려 눈빛을 번쩍이며 앞으로 나서고 있었다.

마치 여기서 죽을 일은 생각도 해 본 적 없다는 듯이.

오히려 여기가 자신의 무대라는 것처럼 말이다.

그러한 기세는 다른 헌터들에게도 희망을 심어 주었다.

"과장님! 저희도 이제 공격하겠습니다!"

"아, 네! 알겠습니다!"

……저 남자가 없었다면 애초부터 불가능한 일이었을 것이다.

'어떻게 저럴 수 있지? 진짜 정체가 뭘까?'

앞서 장유민은 그를 게이트 테러리스트로 여기고 있는 듯했지만 채윤기는 생각이 달랐다.

테러리스트들은 정작 게이트에 관해 그리 잘 알지 못하는 집단이었다.

'차라리 신인류라고 하는 게 설득력이 있겠는데?'

이 세상 그 누구도 알지 못하는 게이트의 비밀에 대해 알고 있는 신인류.

오히려 그들의 특징과 가깝다는 생각이 들었다.

'백수현도 신인류? 재밌네.'

조사관은 피식 웃으며 그 상상을 접어 두었다.

그렇다면 신인류가 신인류를 잡아 족치려고 달려드는 상황이지 않은가.

채윤기는 최원호가 임영섭 등과 대결하는 장면을 직접 목격한 입장이었고…….

그가 자신에게 제시한 대담무쌍한 계획까지 고려하고 있는 상황이었다.

'신인류를 개인적으로 뒤쫓겠다니……. 겁도 없지.'

정확히 무엇 때문에 그토록 분노하는 것인지는 모르겠지만, 진심은 확실히 전해졌다.

거짓말 판독기가 아니더라도 의심할 수 없을 만큼 묵직한 감정이었다.

'신인류일 리가 없다.'

……그렇다면 뭘까?

저 녀석의 진짜 정체는 무엇일까?

채윤기는 눈앞에 떠오르는 메시지들을 보며 언젠가 그 진실을 추적해 봐야겠다고 생각했다.

의심하는 것이 아니다.

[알림 : 레벨이 올랐습니다!]
[알림 : 레벨이 올랐습니다!]

도리어 이런 말도 안 되는 선물을 안겨 주는 저 외계인에 대해서 알고 싶다는 순수한 호기심이었다.

그리고 헌터들에게 다음 메시지가 떠올랐다.

[안내 : 게이트 보스 '은백색 라미아 여왕'의 수하를 모두 처치했습니다.]

[업적 : 놀라운 사냥 실력입니다! 공적에 따라 특별한 보상이 주어질 예정입니다!]

"……!"

상상 이상의 전투로 지쳐 있던 그들의 표정에서 환희와 긴장의 감정이 함께 얽혔다.

[정보 : 게이트 보스 '은백색 라미아 여왕'이 여러분을 기다리고 있습니다.]

3페이즈, 게이트 보스의 등장.

마침내 이 게이트의 마지막 단계에 도달한 것이다.

[알림 : 게이트 보스 '은백색 라미아 여왕'의 관할 구역에 진입했습니다.]

[안내 : 전투를 위한 준비가 이루어지고 있습니다. 환경 변화에 주의하십시오.]

시스템 메시지가 말한 것과 같았다.

물의 벽이 형태를 바꾸고 있었다.

마치 머리채를 쥐고 흔드는 듯한 굉음.

쿠구구구구구ㅡ!

"빨리!"

"승아야! 수진이 챙겨 줘!"

우리는 서둘러 발걸음을 옮겼다.

그 동안, 어지럽게 뒤바뀌는 물의 벽에 휩쓸리지 않도록 주의해야만 했다.

여기까지 오는 동안의 지형이 레이드 헌터들에게 가디언 몬스터들을 상대하도록 강제하는 장치였다.

이젠 보스를 상대할 차례였다.

게이트의 환경이 마지막 공방전에 적합하게 바뀌기 시작한 것이다.

그리고 나타난 것은 거미줄 모양의 미로였다.

물의 벽이 호수 안에서 수많은 갈림길을 만들며 작은 미궁을 만들어 냈다.

마치 이곳에서 절대로 나가지 못할 것이라는 선전포고처럼 보이는 구조물이었다.

난 알고 있었다.

'라미아 여왕은 이 미로 속에서 치고 빠지는 식으로 게릴라전을 벌일 터.'

시야와 이동이 제한되는 만큼 레이드 헌터 입장에서는 극도로 불리한 조건이 될 수밖에 없었다.

하지만 게이트라는 것은 처음부터 불공평한 것이다.

불만이 있으면 죽어야 한다.

약한 자가 죽는 것은 너무 당연하고.

입맛이 쓰다.

"모두 침착하게. 수현 님과 멀어지지 않도록 한다."

이규란이 기세를 다잡으며 헌터들을 통솔했다.

그녀보다 레벨이 높은 신우와 채윤기도 대열 안에서 대기하고 있었다.

모두의 눈빛이 공중에서 무겁게 맞부딪친다.

일곱 사람이 하나로 똘똘 뭉쳐 있다는 의미였다.

나는 잠시 생각에 잠겼다.

"……"

마지막으로 한 번만 더 심사숙고해 보는 것이다.

최종 보스를 사냥할 여러 방법들에 대해서.

'가짜 미끼 작전은 속도를 맞춰 줄 헌터가 없고. 대가리 박치기 작전은 방어력이 너무 불안해.'

솔로 킬 작전은 마력이 부족하다.

그렇다면 남은 것은 하나뿐.

'하, 이건 나 혼자 싸우는 거나 마찬가지라서 꽤 위험한데.'

결국 그걸로 가야 하나?

젠장.

'만약을 위해서라도 그래야겠지.'

사실 내 머릿속에서는 불길한 예감 하나가 떠돌아다니고 있었는데.

이 가능성에 대비하기 위해서라도 혼자 감당하는 쪽이 낫다는 판단이었다.

'……놈이 뭔가 헛소리를 할 수도 있어.'

은백색 라미아 여왕.

이 게이트의 최종 보스.

난 놈이 나에게 말을 걸어오지 않을까 우려하고 있었다.

일전에 창덕궁 좀비 게이트의 역병 군주가 그랬듯이 말이다.

나름의 이유가 있는 걱정이었다.

'그때도 갑자기 초기화된 게이트에서 말을 걸었단 말이지. 그리고 이번에도 게이트가 갑자기 초기화됐고…….'

좀비 게이트가 초기화된 뒤, 최종 보스였던 역병 군주는 정신 파장을 통해서 나에게 이렇게 말했다.

〈그대로구나. 그대가 짐을 다시 불러낸 것이었어.〉

대체 뭔 소리인지…….

난 불러낸 적 없다.

게이트의 초기화는 전혀 이해할 수 없는 현상이었다.

하지만 놈이 그렇게 언급했으니, 다른 누군가 듣는다면 오해하기에 차고 넘치는 발언이었다.

그러니 라미아 여왕을 사냥할 때는 되도록 혼자 사냥할 수 있게 안배하는 게 옳은 선택이었다.

그렇다면…….

'역시 그걸로 가는 게 정답이야.'

이 작전은 미리 말해 두지 않으면 성립이 불가능했다.

설명부터 상세하게 해 두어야 한다.

"다들 잘 들어!"

내가 걸음을 옮기면서 입을 열자 시선이 모아졌다.

최대한 짧게 설명했다.

"이따가 전투가 시작되면 그다지 보기 좋진 않을 거야. 좀 처참할 수도 있고."

"……예? 그게 무슨?"

"그래도 놀라지 말고 정해 둔 대로 움직여. 특히 마법사들, 절대 얼 타지 마. 무엇보다 마법사들이 생존해서 활동하는 게 중요하니까."

"새, 생존이라뇨?"

모두의 눈동자에 물음표가 찍혔다.

그리고 그 물음표가 경악의 느낌표로 바뀌는 것에는 그리 긴 시간이 걸리지 않았다.

[안내 : 환경 변화가 완료되었습니다.]

[경고 : 게이트 보스 '은백색 라미아 여왕'이 등장합니다!]

드디어 모습을 드러냈다.

저 멀리 거대한 파도와 함께 나타난 거대한 은빛의 반인반사.

저것이 바로 '은백색 라미아 여왕'이었다.

반짝이는 비늘로 뒤덮인 뱀의 하체와 고혹한 곡선을 가진 여성의 상체는 분명 조화롭지 못했다.

그러나 기이하게도 놈이 아름답다는 것은 인정할 수밖에 없었다.

하지만 이건 유혹 능력 때문이다.

본능적인 유혹은 저 개체의 패시브 스킬이라고 할 수 있는 만큼 기본적인 능력이었다.

〈……〉

지면 위로 모습을 드러낸 라미아 여왕은 고고한 눈빛을 번쩍이며 나를 노려보고 있었고.

-주, 주인. 괜찮을까?

손안에 들려 있던 해청은 몸체를 부르르 떨고 있었다.

겁을 먹은 모양이다.

지금까지 이런 적은 없었던 것 같은데.

"뭐가?"

다 알고 있었지만 모르는 척 물었다.

그러자 녀석은 조심스럽게 건의했다.

-크흠, 내가 위기를 즐기는 맹수이긴 한데……. 솔직히 이번 계획은 쪼끔 무서워서 말이야……. 지금이라도 다시 한번 생각을 해 보는 게……?

"괜찮아. 위기를 즐기는 맹수께선 좀 쫄아도 돼. 어차피 넌 할 일이 없으니까."

-흐아아아! 무섭다고! 저 눈빛!

"즐겨."

-힝…….

나는 혼자 남았다.

미로의 한복판에 생겨난 공터의 정중앙.

전장으로 낙점된 이곳에 나는 홀로 우두커니 서 있었고.

"……."

"……."

일행들은 멀찍이 물러나서 다른 행동을 취할 준비를 했다.

나를 바라보는 헌터들의 눈빛에는 그 어느 때보다도 무거운 긴장감이 서려 있었다.

특히 신우가 그랬다.

저 녀석은 거의 울기 직전까지 갔다.

이 작전이 싫어서. 내가 다치는 게 무서워서.

기특한 여동생은 혼자라도 남아서 내 서포트를 맡겠다고 박박 우겨 댔다.

하지만 나는 이들에게 다른 작전을 부여했다.

"이 미로에는 라미아 여왕과 정신적으로 연결된 수컷 다섯 마리가 숨어 있어. 그것들을 찾아서 죽여. 그러면 여왕을 10% 이하로 약화시킬 수 있을 거야."

'이름하여 홀어미 작전.'

고위 라미아 일족이 가진 태생적 약점을 활용하는 공략법 이었다.

지극히 합리적인 명령이었으니 다들 수긍했고, 신우를 포함한 마법사들은 자신의 역할이 무엇인지도 알아들었다.

당연히 수컷의 생체 반응을 추적하는 것이었다.

하지만 채윤기가 이 작전의 맹점을 지적했다.

–그럼 추적이 이루어지는 동안에는? 누가 라미아 여왕을 붙잡아 놓지? 10% 이하로 약화시켜야 한다는 건 일반적인 보스보다 열 배는 강한 적이라는 것 아닌가?

……똑똑한 놈.

공무원 시험 통과한 놈은 뭐가 달라도 다르네.

그 지적은 아주 정확했다.

이 중에서 가장 강한 내가 라미아 여왕을 붙잡아 놓겠지만…….

'사실 수컷 다섯 마리 중에 적어도 셋을 처치하지 못한다면 나도 승산이 없어.'

그러므로 이들이 수컷을 사냥하는 동안엔 최대한 버티고 버티면서 시간을 버는 것이 나의 역할이었다.

나는 이 부분을 적당히 순화해서 설명했다.

그러나 신우는 혈육답게 이 사실을 간파했고…….

-절대 안 돼애애애! 나 데리고 있어! 회복 마법이라도 받아! 무모하게 나서지 말란 말이야! 호, 혹시라도! 오빠가 또 죽으면……!

-이 짜식아. 다들 듣고 있는데 어디까지 떠들려고? 그리고 비장의 카드 있잖아. 그 '소환권' 알지?

-…….

정신 줄을 놓고 소릴 지르다가 제지당했다.

내가 금군 소환권을 언급하자 잠잠해지긴 했지만 여전히 불안한 눈빛이었다.

하지만 이게 가장 쉽고 빠른 길이다.

"슬슬 시작해 볼까?"

-으, 난 너무 무서운데.

"즐기라니까?"

-에휴, 말은 쉽지.

나는 라미아 여왕을 향해 발걸음을 옮기기 시작했다.

그러자 시스템 메시지가 떠올랐다.

　[정보 : 게이트 보스 '은백색 라미아 여왕'이 당신을 물끄러미 바라보고 있습니다.]

"……."

낯설지 않은 메시지다.

　오히려 한편으로는 나오지 않을까 내심 예상하고 있었던 내용이었다.

　그 역병 군주가 그랬으니까.

　침전으로부터 비틀거리면서 걸어 나온 좀비의 왕이 나에게 입을 열기 직전에 뜬 메시지가 바로 이것이었다.

　'그럼 정말 라미아 여왕도……?'

　역병 군주와 똑같이 행동한다는 거야?

　그러나 바로 그 순간.

[경고 : 주의하십시오! 감당할 수 없이 강력한 적입니다!]

번쩍.

경고 메시지와 함께 백색의 섬광이 쏟아졌다.

가슴 부근을 꿰뚫는 찌릿한 통증.

라미아 여왕이 쏘아 보낸 길쭉한 얼음 조각에 의한 것이었
다.

'뭐야? 이거?'

미처 반응하지 못했을 만큼 어마어마하게 빠른 공격이었다.

……이상했다.

단언컨대 이건 절대로 C등급 보스의 수준이 아니었다.

'적어도 B등급 보스의 무위인데?'

하지만 나는 헌터들을 향해 소리쳤다.

"어서 움직여! 당장!"

라미아 여왕이 힘을 사용하기 시작한 그 시점부터 '마력의
실'이 작동한다.

'여왕과 다섯 수컷을 이어 주는 마력의 실.'

지체할 수 없다.

상대가 나에게 버겁다고 해서 물러설 순 없다.

오히려 더더욱 고삐를 당기며 달려야 한다.

사용할 수 있는 모든 자원을 동원해서!

"오빠……!"

"신우 씨! 어서 가야 돼!"

헌터들이 미로 속으로 사라진다.

그리고 나는 피가 번지는 가슴을 부여잡으며 권능을 전개했다.

　[권능 : '수도자 도마뱀의 꼬리'.]

　[정보 : 에너지를 투입하여 육체의 상처를 빠르게 회복할 수 있습니다.]

'공격 패턴이 눈에 들어오면 가속 권능으로 회피하고, 안 되는 건 급소를 피해 맞아 주면서 회복력으로 버틴다.'

그리고 정말로 위험하면 금군을 소환한다.

이것이 애초에 내가 세워 둔 전략이었다.

놈이 B등급 보스의 수준이라고 해도, 내가 패턴을 익히고 한계점을 파악한다면 시간을 버는 것쯤은 어떻게든 가능했다.

하지만 바로 그때.

　〈그대는 이걸 원했던 거겠지?〉

"……어?"

내가 예상하지 못했던 일이 또 한 번 벌어졌다.

당황할 수밖에 없었다.

〈주변을 물리는 것을 원하는 것 같기에, 그대의 뜻대로 하였다.〉

나를 공격했던 라미아 여왕이 뇌쇄적인 웃음을 지으며 말을 걸어온 것이었다.

'뭐야? 방금 내 뜻에 따라서 공격한 거라고?'

〈그래. 내가 그대의 마음을 읽었다.〉

풍만한 가슴을 유혹하듯 모은 라미아 여왕이 뱀의 몸통을 스윽스윽 움직여 나에게 다가오고 있었다.

〈이제 편하게 이야기할 수 있겠군.〉

-주, 주인? 쟤 왜 저래?
"나도 몰라, 인마!"
나는 해청을 움켜쥔 채 더듬더듬 뒤로 물러났다.
머릿속이 다시 복잡해진다.
'페이크인가?'
아니지.
저렇게 공격 속도가 빠른데 굳이 심리전을 걸 필요가 없다.
그냥 몰아붙이기만 해도 정신이 없어질 거다.
그러면 대체 뭐란 말인가.

게이트 보스가 나랑 무슨 이야기를 하겠다고……?

"설마."

'역병 군주처럼?'

눈가를 찌푸린 나에게 여왕은 붉은 입술을 열어 말했다.

⟨자, 나를 죽여 다오. 차원을 넘어서 돌아온 자여.⟩

'……역시.'

대체 무슨 영문인지 모르겠지만, 역병 군주와 마찬가지로
라미아 여왕도 나에게 죽음을 요청하고 있었다.

'그렇다면 디멘션 하트도?'

⟨나를 죽이고 이것을 파괴해 다오. 지금 당장 우리를 해방시켜
줘.⟩

붉은 디멘션 하트가 라미아 여왕의 목 언저리에 박혀 있
었다.

놈은 당장 목을 베어 달라며 상체를 깊숙이 숙여 왔다.

⟨자, 어서.⟩

마치 최면을 걸겠다는 것처럼 황홀한 빛으로 번쩍이는 두

쌍의 호박색 눈동자.

라미아의 유혹이 작동하고 있는지 마음 한구석이 요동치기 시작했다.

하지만 나는 말려들지 않았다.

[알림 : 특성 '야성'이 반응하고 있습니다.]
[안내 : 모든 정신 공격을 무효화합니다.]

이까짓 유혹쯤은 레벨 10의 특성 앞에서는 아무것도 아니었으니까.

"……대체 너희들은 뭐야?"

오히려 이번에야말로 반드시 알아가야겠다.

"왜 나에게 그런 말을 하는 거지? 그 '해방'이란 또 뭐고? 어떻게 내가 차원을 넘어왔다는 것을 알고 있는 건데?"

게이트의 초기화.

보스들의 이상 행동.

그리고 나에 대한 사전 정보까지.

납득한 만한 이야기가 나오지 않으면, 검을 아예 집어넣고 가속 권능으로 도망 다니기에 주력할 생각이었다.

'내가 뜻대로 움직여 주지 않으면 뭐라도 내놓겠지.'

이번엔 반드시 답을 끌어내야만 했다.

〈후후후후……〉

그리고 이런 나의 계획을 알아차렸는지 여왕이 작게 웃었다.
그녀는 되레 나에게 거꾸로 질문했다.

〈우리에 대해 궁금한가? 하지만 그건 그대가 품고 있는 '신'에게
물어야 하지 않을까?〉

……내가 품고 있는 신?

거신의 조각.
야수계의 모든 게이트를 폐쇄시키고 받아 낸 이 아티팩트
가 정확히 어떤 물건인지는 그 누구도 알지 못했다.
지구에서는 당연히 시스템 메시지로만 등장한 물건이었
고, 야수계에선 등장과 동시에 나에게 흡수되었으니까.
그러니까 이건 어떤 연구자도 뜯어본 적이 없는 미증유의
아티팩트였다.
그런데 라미아 여왕이 '신'을 언급했다.
'거신의 조각을 삼킨 내가 그 신의 일부를 가지고 있기라
도 하다는 말인가?'

놀랍게도 나의 이런 추측은 정확히 맞아떨어졌다.

〈그대가 한 가지만 약속한다면 내가 알고 있는 모든 것을 알려 주지.〉

"……약속? 뭔데?"

〈무슨 일이 있어도 이 디멘션 하트를 파괴해라. 그리고 여길 없 애 버려. 그래 주겠나?〉

나는 고개를 끄덕였다.
당연히 그럴 생각이었으니까.
처음부터 이 게이트를 폐쇄시키고 보상을 먹어 치울 작정 이었다.
"무슨 의미인지는 모르겠지만 그건 확실하게 약속할게. 그러니까 이제 말해 봐. 너희에 대해서 말이야."
그러자 라미아 여왕은 팔짱을 끼며 이야기를 시작했다.

〈지금 그대의 몸에 깃든 것은 한때 모든 우주를 지배하던 '대신 격'의 일부다.〉

"……어."

시작부터 너무 좀 당황스러운데.

"잠깐만. 일단 신이라는 게 정말 존재한다는 거야? 그것도 모, 모든 우주의 지배자라고?"

〈지금은 아무도 기억하지 못하는 신. 그러나 존재하던 그 당시에도 이름이 아닌 '영원'으로 지칭되던 신……〉

거신은 모두가 두려워했기에 자신의 이름조차도 필요하지 않았다고 한다.

하지만 그 신은 씻을 수 없는 죄를 지어 타락했고…….

〈……더럽혀진 신성을 회복하기 위해 자신을 수없이 많은 조각으로 나누어 모든 우주에 내던졌다. 그대는 그 조각들 중 하나를 흡수한 것이다. 모든 게이트를 닫은 세계에 주어지는 특전이지.〉

"흐음."

일단 신성을 회복하기 위해 자신을 조각냈다는 게 대체 무슨 말인지 모르겠다.

"재밌네. 사람은 조각나면 죽는데, 신은 도로 회복되기라도 한다는 건가?"

아쉽게도 라미아 여왕이 모든 것을 알고 있지는 않았다.

〈나는 '영원'이 다스렸던 우리의 세계를 대신하여 이곳에 끌려
나온 필멸자일 뿐이다. 그대의 종족과 마찬가지로 신성을 품은 그
릇은 아니지. 그러니 더 깊은 것까지는 알지 못한다. 다만……〉

"다만?"

〈나는 세계의 대리자로서 그대에게 깃든 신격을 느낄 수 있다.
그렇기에 소원하는 것이다. 우릴 이곳에서 해방시켜 달라고.〉

해방이라…….
좀비 게이트에서 역병 군주에게 들었던 그 말과 똑같다.
이들은 디멘션 하트가 파괴되어야만 한다고 절규하고 있
었다.
"어째서지? 너흰 디멘션 하트를 지켜야 하는 존재 아닌가?"
그러자 라미아 여왕은 고개를 가로저었다.

〈그것은 우리에게 주입된 '거짓 사명'이다. 순전히 이 감옥이 강
요하는 일일 뿐…….〉

헌터들과 싸우는 것이 원해서 하는 일은 아니라는 뜻이다.

〈생각해 보아라. 감옥에 갇힌 자의 희망이 무엇이겠는가? 당연

히 '탈출과 안식'이 아니겠는가?〉

'거짓 사명, 탈출과 안식……'

나는 말을 아끼며 생각에 잠겼다.

야수계에서 몬스터들에 대해 가장 잘 알고 있는 것은 안경원숭이 일족의 학자들이었다.

하지만 안경원숭이 학자들도 이런 내용은 전혀 파악하지 못했다.

헌터들의 최종 레벨이 300에 이르렀던 세계에서도 공개된 적 없는 정보였으니 교차 검증을 할 수도 없는 노릇이었다.

'그래, 일단 그렇다 치고.'

궁금증은 자연스럽게 다음으로 넘어갔다.

"그러면 너희는 왜 여기에 갇혀 있는 거지? 왜 게이트라는 감옥에서 헌터들과 싸우고 있는 거야?"

그러자 라미아 여왕은 나를 빤히 바라보며 이렇게 말하는 것이었다.

〈그대들은 왜 게이트에 들어오는가? 우리도 그러한 이유였다.〉

"우리와 같은 이유라고? 그게 무슨……?"

나는 미간을 찌푸리며 호박색 눈동자를 똑바로 바라보았다.

설명을 좀 제대로 해 보라는 의미였다.

하지만 대화는 거기서 끝났다.

〈안타깝게도 시간이 다 되었다.〉

……이런.
여왕의 얼굴에 경련이 일어나고 있었다.

〈나에게 주어진 '거짓 사명'이 다시 작동하는구나. 아까의 약속을
지켜라. 믿겠다, 인간.〉

캬아아아아아아!
귀를 찢는 듯한 괴성과 함께 호박색 눈빛이 일변했다.
방금까지 대화하던 것은 새빨간 거짓말이라는 것처럼 날
카로운 송곳니를 드러내는 보스 몬스터.

[알림 : 특성 '야성'이 직관을 발휘하고 있습니다.]
[알림 : 강력한 근거리 공격에 주의하십시오!]

나는 재빨리 옆으로 몸을 던졌다.
왼쪽 어깨를 스치면서 시큰한 통증을 남긴 것은 소리보다
빠른 얼음 발톱이었다.

〈죽어라! 인간!〉

이성을 잃은 라미아 여왕이 야차가 되어 달려들었다.

'……안타깝군.'

이들에게 그런 사정이 있었다니.

충격적이기도 했고, 유감스럽기도 했다.

나는 여왕의 공세를 피하기 위해 치타의 권능을 전개하여 빠르게 거리를 벌리며 머릿속으로 생각을 정리했다.

'거짓 사명이라고 했지?'

그게 작동하면 몬스터가 되는 거고.

아니면 인간과 다를 바 없는 지성체라는 건가?

그럼 어째서 방금은 잠시나마 거짓 사명이 작동하지 않은 걸까?

'혹시 이것도 거신의 조각이?'

츠스스스스!

라미아 여왕이 한차례 손을 휘젓자 공중에서 수없이 많은 얼음 결정이 만들어졌다.

'빙결 탄환!'

에너지를 제법 심어 넣을 수 있기 때문에 원거리 공격 수단 중에서도 상당히 고급스러운 종류로 꼽히는 것이었다.

그 말은 탄도체가 일반적인 움직임을 보이지 않는다는 뜻이었다.

앞서 내가 공격을 허용한 것 역시 그런 이유였다.

상상 이상의 빠르기.

갑작스러운 급가속.

'그리고 궤적 변화.'

타다다다다다─!

쏟아지는 빙결 탄환을 피해서 나는 옆으로 몸을 굴렸다.

가만히 있었으면 벌집이 됐을 터.

그러고도 몸을 완전히 지킬 수는 없었다.

"크윽."

이번엔 옆구리에서 핏물이 줄줄 흐르기 시작했다.

⟨우리의 아이들을 학살하다니! 나는 네놈의 비명을 자장가로 삼아서 잠에 들 것이다!⟩

진부한 악당의 역할로 돌아간 라미아 여왕은 재차 공세의 고삐를 잡아당겼다.

계속해서 양자택일을 강요당할 수밖에 없었다.

'추격자 치타의 권능과 수도자 도마뱀의 권능.'

두 기술을 적절히 바꿔 쓰면서 시간을 벌어야 하는 상황이었다.

절대 만만하지는 않았다.

[권능 : '수도자 도마뱀의 꼬리'.]

[경고 : 마나 또는 퓨리 에너지가 부족합니다.]

[권능 : '추격자 치타의 질주'.]

[경고 : 체력의 상황이 좋지 않습니다. 움직임이 둔해집니다.]

어느 쪽도 제대로 가동되지 않는 악조건이었으니까.

빙결 탄환이 귓불을 관통한 순간, 나는 결심했다.

금군 소환권을 사용해야겠다고 말이다.

그런데 바로 그때.

〈안 돼애애앳! 내 신랑! 내 신랑들에게 손대지 마아아앗!〉

라미아 여왕이 비명을 내지르는 것과 함께 시스템 메시지
하나가 툭 떠올렸다.

[정보 : 정신적인 충격으로 인해 게이트 보스 '은백색 라미아 여
왕'의 전투력이 약해지고 있습니다.]

'됐다!'

시작된 것이다.

내가 이곳을 홀로 맡는 동안, 다른 헌터들이 하기로 했던 일.

라미아 여왕과 마력으로 연결된 다섯 마리의 수컷들을 처

치하는 작업이 물살을 타기 시작했다는 의미였다.

그렇다면 조금 다른 가능성을 엿볼 수 있었다.

라미아 게이트 앞.

레이드 전문 신문사 '뉴스 오브 헌터'의 양대규 기자는 입을 쩌억 벌리며 하품을 하다가 후배 기자와 눈이 마주쳤다.

"턱 빠지겠습니다, 양 선배."

"크흠!"

머쓱해진 그는 옆통수를 긁적이며 딴소리를 시작했다.

"강 기자, 아까 봤어?"

"뭘요?"

"아이언팩토리랑 무진 그룹이 기 싸움하는 거. 살벌하던데?"

3일 전부터 게이트에서 대기하고 있던 아이언 팩토리의 클랜원들.

그리고 어쩐 일인지 방금 막 도착한 무진 그룹의 클랜원들.

대체 왜 여기서 이러는 건지 모르겠지만, 두 진영 사이에서 심상찮은 기류가 흐르더라는 이야기였다.

"그런 게 있었어요?"

영웅일보의 강민수 기자는 미간을 모으며 중얼거렸다.

"내가 볼 땐 그냥 눈도 안 마주치는 것 같았는데……."

"어허, 강 기자가 아직 짬바가 부족하구먼. 리더들끼리는 그냥 찬바람이 부는 정도였지만 2군 전력들끼리는 대놓고 눈싸움을 하더라니까? 그걸 봤어야지."

"흐음, 예전에 유망주들 놓고 줄다리기하다가 틀어진 게 아직도 유효한 모양이네요. 이거 메모해 놔도 되죠?"

"그럼. 별것도 아닌데."

공략을 기다리는 게이트 바깥은 조용하고도 음산하다.

그 공기가 답답했던 두 기자는 지난 며칠 사이에 일어난 일들에 대해 떠들어 댔고.

그러다가 한 가지 묘한 이야기로 주제를 옮겨 갔다.

"이번 게이트에 들어가 있는 클랜이 블랙핑거잖아? 얼마 전에 마스터가 죽는 바람에 지휘권 분쟁이 생겼던 거기 말이야."

"그쵸. 스캐빈저 클랜에서 벗어나겠다는 이야기가 들리던데 갑자기 이런 일에 휘말리다니. 운도 더럽게 없어요."

"근데 재밌는 게 하나 있더라고."

"뭔데요?"

"콜네임 '한채미'. 알지? 그 미녀 마법사 말이야. 얼마 전까지 꽤 주목받았던."

"아, 채미좌? 알죠! 마력 체계를 다쳐서 은퇴한 걸로 알고 있었는데?"

"아니야. 블랙핑거에 있었더라고. 어제 취재하다가 딱 콜네임을 듣는데 얼마나 반갑던지."

"쯧, 스캐빈저로 전향했구나. 하긴 먹고살려면 어쩔 수 없지. 근데 그 오빠 쪽이 더 유명했죠? 아마 'zero9'이라는 콜네임을 썼었던 것 같은데? 차원 역류로 사망했다는 보도도 있었고요."

"어, 맞아. 제로나인! 영구좌! 이야, 강 기자! 기억력 좋네? 나도 지금 그 사람 얘길 하려고 했어."

바로 최신우와 최원호 남매에 대한 이야기였다.

그리고 놀랍게도.

"……내가 지난주에 북한산 게이트에 갔다가 폐쇄 특종을 물었잖아? 거기서 브리핑을 듣는데 순간 머릿속에 제로나인이 딱 떠오르더라고! 목소리가 비슷했나 봐."

"채미좌와 영구좌 유명했죠. 스타성 있으니까 대형 클랜들이 군침을 질질 흘렸고. 결국 그렇게 됐지만요."

"근데 희한하지 않아? 철 지난 유망주 남매가 갑자기 눈에 밟히는 거 보면?"

"그러게요. 누가 차원 역류에서 살아 돌아오기라도 한 것 같네요, 하하."

"채미좌라도 현역으로 복귀하면 좋겠는데. 여헌터들 중에서 흔치 않게 캐릭터가 확실하잖아? 욕쟁이 미녀 마법사, 한채미! 요즘은 그런 인재가 없어……."

……의도치 않게 진실의 일부를 짚어 내고 있었다.

최원호가 차원을 넘어서 지구로 돌아오고, 최신우가 마력 체계를 회복하여 현역으로 복귀했다는 사실을 전혀 모르면서도, 아주 정확하게 짚어 낸 것이었다.

두 기자에겐 즐거운 상상이자 가십에 불과했지만 말이다.

한참을 떠들던 양대규와 강민수는 돌고 돌아서 원점으로 되돌아왔다.

"근데 아이언팩토리랑 무진 그룹은 왜 여기 죽치고 있는 걸까요?"

"글쎄? 블랙핑거 클랜이 공략 실패하고 전원 사망 판정되면 게이트에 다시 진입할 수 있을 테니까 그걸 노리고?"

"에이. 거대 클랜에서 그런 까마귀 짓을 하겠어요?"

"뭐, 우리가 모르는 사정이 있겠지. 대단하신 헌터들 머릿속을 어떻게 알겠냐."

두 거대 클랜의 등장으로 인해 현장 분위기는 상당히 살벌해져 있었다.

무언가 알려지지 않은 내막이 있는 것 같다는 뒷말이 나오고 있었다.

그것이 '신인류'라는 경천동지할 괴집단의 존재라는 것은 아직 극히 일부에게만 알려진 사실이었다.

"에라이, 오늘도 공친 것 같은데?"

"쩝, 순대국밥에 소주나 한잔하시죠."

"좋지."

투덜거리던 두 기자는 저녁 식사를 핑계로 잠시 자리를 비웠고…….

[안내 : 곧 게이트가 폐쇄됩니다. 마력 폭풍에 주의하세요!]

특종이 될 현장을 놓치고 말았다.

초기화되었던 라미아 게이트가 공략된 것은 물론, 폐쇄까지 되어 버리는 장면이었다.

"뭐, 뭐야, 이거?"

"블랙핑거 클랜이 공략을 하긴 했나 보네! 당장 긴급 보고 올려! 구급차 대기시키고!"

대기하고 있던 공무원들이 일사불란하게 움직였다.

그리고 또 다른 한편에서는…….

"재밌네."

"게이트가 폐쇄됐다고?"

무진 그룹과 아이언팩토리의 헌터들이 눈빛을 번쩍이며 장내를 지켜보고 있었다.

[알림 : C등급 게이트 '유혹하는 라미아의 안개 호수'가 폐쇄되었습니다.]

[안내 : 모든 정산이 완료되었습니다. 지금 보상을 확인해 보세요!]

모든 헌터들에게 시스템 메시지가 등장한 그 순간.

"통제관님! 구급차부터 호출해 주십시오!"

게이트 너머에서 가장 먼저 돌아온 헌터는 바로 채윤기 조사관이었다.

결과적으로 말하자면, 나는 금군 소환권을 사용하기로 했다.

이유는 세 가지.

첫 번째는 내 체력과 방어력이 버텨 주지 못한다는 것.

라미아 여왕이 C등급 보스를 훨씬 뛰어넘는 무위를 보여 주고 있었다.

아직 정확한 이유는 모르겠지만…….

'어쩌면 이것도 거신의 조각과 관련이 있을 수도 있다.'

두 번째는 당장 이 게이트를 폐쇄시키면 안 된다는 것.

이대로 진행되면 라미아 여왕을 일격에 즉살하는 식으로 찍어 눌러야 하는데, 그 과정에서 디멘션 하트가 파괴될 확률이 높았다.

안 될 말이었다.

애초에 이곳에서 계획되어 있던 경쟁 대결의 목표.

'저주받은 왼손.'

심혁필이 이 게이트에 숨겨 둔 그 아티팩트를 아직 회수하지 못했기 때문이다.

어쩔 수 없는 일이었다.

'저주받은 왼손은 라미아 여왕을 공략한 상태에서만 회수할 수 있도록 감추어져 있으니.'

디멘션 하트를 파괴하는 것은 저주받은 왼손을 회수한 다음에 이루어져야만 했다.

그리고 마지막 세 번째 이유.

'그 거짓 사명이란 것에 대해 좀 더 알아봐야겠어.'

첫 번째 이유와 연계되는 이야기다.

등장 직후의 라미아 여왕은 잠깐이나마 거짓 사명에서 자유로운 듯이 보였다.

'창덕궁 좀비 게이트의 역병 군주도 그랬고.'

둘 다 나에게 자신을 죽여서 해방시켜 달라고 요청했던 것이 그 증거였다.

나는 가설을 하나 세운 상태였다.

'어쩌면 내가 가진 거신의 조각이 그런 효과를 만든 건 아닐까?'

만약 그렇다면 나는 그 거짓 사명이라는 것을 통제할 수 있는 힘을 가지고 있다는 이야기가 된다.

비록 지금은 내 뜻대로 사용하지 할 수 없는 상태겠지만.

하지만 힌트가 그리 멀리 있는 것은 아니라는 생각이 든다.

'신인류를 잡을 때마다 알 수 없는 스탯이 쌓이고 있어.'

관련이 있을지도 모른다.

만일 내가 정말로 이 능력을 개화하여 뜻대로 사용할 수 있게 되고.

보스 몬스터가 아닌 일반 몬스터들까지 영향력을 확대할 수 있다면…….

'더 이상 게이트에서 몬스터들과 싸우지 않아도 되는 순간이 올 수도 있어.'

어떤 게이트든 내가 들어가서 거짓 사명을 제거해 버리기만 하면 끝이니까.

인류가 게이트를 대하는 방식을 근간부터 바꾸어 버릴 수 있는 전환점이 되어 줄 터.

그 가능성을 검토하기 위해서는 우선 가설을 검증하고 실험하는 과정이 필요했다.

'그렇다면…….'

나는 금군을 소환하여 라미아 여왕을 제압한 뒤, 한 가지 모험에 도전해 보기로 했다.

바로 이 '알 수 없는 스탯'을 바깥으로 끌어내는 일이었다.

[권능 : '수도자 도마뱀의 꼬리'.]

[경고 : 마나 또는 퓨리 에너지가 고갈되고 있습니다! 즉시 충당이 필요합니다!]

'조금만 더.'

정말 가능할지는 나도 모른다.

하지만 결정을 내렸으니 남은 것은 실행에 옮기는 것.

"……한 번만 더."

나는 금군을 소환할 최적의 타이밍을 계산하기 시작했다.

❦

은백색 라미아 여왕의 정신은 두 조각으로 쪼개져 있는 상태였다.

하나는 최원호가 상대하고 있는 몬스터로서의 자아.

〈카아악! 악마 같은 인간들아! 내 신랑들을 내버려 두어라!〉

게이트에 소환된 순간부터 주어진 '사명'은, 그녀를 이지(理智)가 없는 미물이나 다름없도록 만들었다.

그저 쉼 없이 싸워서 침입한 적을 죽이라는 강제 명령이 발동되고 있는 상태.

그러나 라미아 여왕의 머릿속 한구석에는 또 다른 자아가 살아 있었다.

'거신의 조각을 가진 인간을 만나게 될 줄이야. 조금이라도 더 많은 대화를 나누었다면 좋았을 터인데…….'

일족의 지도자이자, 원 세계의 대리자로서 냉철한 지성을 갖춘 여왕의 자아.

비록 거짓 사명에 짓눌려 비활성 상태가 되어 버리기는 했지만, 여왕의 이성은 여전히 남아 있었던 것이다.

그리고 그녀는 내심 걱정하고 있었다.

'설마 내가 잘못된 판단을 내린 건 아니겠지?'

인간과 대화를 나누기 위해 거짓 사명이 작동하지 않는 시간을 소모해 버린 것이 과연 괜찮은 선택이었는지 모르겠다는 마음이었다.

거신의 조각을 가진 인간은 분명 강했다.

끈질기고 영리하며 강인한 그릇임은 분명했다.

그러나 '영원'의 일부라는 미증유의 힘을 전혀 깨닫지 못한 상태였다.

그렇기에 자신의 공세를 아슬아슬하게 버티는 것이 고작이었다.

'조금만 더 격을 올리고 왔다면 나를 수월하게 제압할 수 있었을 터인데……'

이제 와서는 다 의미 없는 이야기지만 말이다.

여왕은 온 힘을 다해 자신이 할 수 있는 일을 하고 있었다.

조금이라도 자아를 움직여 전투를 방해하는 것.

일단은 자신과 연결된 수컷들이 제거되고 있는 상황이다.

운이 따라 준다면 거신의 그릇이 자신을 꺾는 것도 불가능한 일은 아니었다.

'제발 나를 죽이고 디멘션 하트를 파괴하거라!'

유일한 해방의 길.

라미아 여왕은 상대의 승리를 진심으로 다해 기원하고 있었다.

그리고 그녀의 소망은 전혀 예상치 못한 방식으로 보답받게 되었다.

[알림 : '금군 소환권'이 사용됩니다.]

터져 나오는 섬광과 함께 새로운 존재들이 눈앞으로 소환된 것이다.

붉은 무복을 입은 호위 무사 세 사람.

-내금위장 3인……!

-주군의 부름에 응하였사옵니다!

-지지 않는 충심으로 섬기겠나이다!

그들은 노호를 터트리며 라미아 여왕을 향해 돌진했다.

그러자 여왕 또한 분노의 고함을 내질렀다.

〈어디서 감히 얕은 수를─!〉

하지만 그것은 단지 거짓 사명을 받은 보스 몬스터로서의 외침이었고.

'오호, 타계의 소환수들? 비장의 한 수를 숨겨 두고 있었던 건가? 이건 전혀 예상하지 못했는데.'

이지를 갖춘 라미아 여왕은 감탄을 숨기지 않았다.

그녀는 거신의 그릇이 만신창이가 되는 것을 보며 내심 틀려먹었다고 생각하고 있었다.

하지만 그게 아니었나 보다.

'지금껏 때를 노리고 있었던 거야…….'

금군의 소환은 가장 아슬아슬한 타이밍에 이루어진 일이었다.

두 권능을 번갈아 사용하고 있는 최원호의 방어력 한계.

수컷들과의 연결이 끊어지고 있는 라미아 여왕의 정신적 소모.

양측의 곡선이 교차하는 시점은 금군들의 파괴력을 최대치로 끌어 올릴 수 있는 최적의 시점과도 같았다.

그리고 그 결과…….

[알림 : 명명되지 않은 소환수 '금군 1'이 적을 교란하고 있습니다.]

[알림 : 명명되지 않은 소환수 '금군 3'이 적에게 깊은 상처를 입혔습니다!]

[알림 : 명명되지 않은 소환수 '금군 2'가 적에게 치명타를 가했습니다!]

호위 무사들은 라미아 여왕의 공격에 공백이 생긴 순간을 비집고 들어가는 데에 성공했다.

　거리를 좁히면서 쉼 없이 달라붙는 협동 공격에 여왕의 몸통이 균형을 잃으며 휘청거린 그 순간.

　[권능 : '추격자 치타의 질주'.]
　[경고 : 한계점입니다!]

　순간적으로 모든 힘을 끌어낸 최원호가 여왕을 향해 돌진했다.

　금군들이 가리고 있던 시야의 사각지대로부터 쏟아진 일격.

　쿠웅!

　둔중한 충격음과 함께 라미아 여왕을 들이받아서 쓰러뜨린 최원호.

　"찍어 눌러!"

　그의 명령에 따라 호위 무사들이 라미아 여왕의 팔을 짓눌렀다.

　〈가아아악! 놓─아─라!〉

　여왕의 뱀 혓바닥은 노성을 질러 대며 유혹의 힘을 최대치까지 쏟아 냈으나……

'으음? 이 힘은 설마?'

내부에 남은 의식은 당황하고 있었다.

일단 신의 그릇이 자신을 곧바로 처치하지 않고 쓰러뜨려서 제압한 것부터 의아했지만.

[알림 : '알 수 없는 힘'이 전개되고 있습니다.]

[정보 : 힘의 상태가 불완전합니다. 명령권자가 의도한 것을 실패할 확률이 매우 큽니다.]

자신의 머릿속으로 쏟아져 들어오는 '힘'의 존재를 느끼고는 크게 당혹스러웠다.

'어떻게 이럴 수가?'

〈키, 키이이잇?〉

심지어 몬스터로서의 자아마저도 대응하지 못하고 눈을 부릅뜰 정도였다.

그녀는 아까의 판단에 대해 재고할 수밖에 없었다.

'분명히 신성을 깨닫지 못한 것 같았는데.'

……아니었나?

차가운 창날, 또는 얼어붙은 이빨.

다시 돌아오지 않을 바람처럼 느껴지는 그것은 거신 '영원'

의 조각이었다.

"후우우……."

라미아 여왕을 제압한 최원호는 지금 모든 집중력을 동원
하여 그 힘을 불어넣고 있었다.

솔직히 제대로 되는 것인지는 모르겠다.

이건 확률조차도 따질 수 없는 무모한 시도였다.

그러나 놀랍게도 뭔가 작동하고 있다는 것은 분명했다.

　[알림 : '알 수 없는 힘'이 적을 제압하고 있습니다.]

　[안내 : 현재까지 49%…….]

향기가 없는 마력.

이것이 바로 최원호가 포착한 단서였다.

'내가 품고 있는 거신의 조각은 신인류가 남긴 힘을 흡수
할 수 있었고, 그때마다 알 수 없는 스탯이 쌓였어.'

그렇다면 그 힘을 모방해 보면 어떨까?

'마력을 외부로 전개하면서 심상을 통하여 그 향기가 없는
상태를 최대한 강제한다면?'

뭔가 작용을 일으킬 수 있지 않을까?

혹시라도 거신의 조각이 가진 위력을 불러낼 수 있지 않
을까?

〈갸아아악! 안 돼애애앳!〉

"만약 내가 놓치면 즉시 죽여! 알겠나?"

─예! 주군!

스스로 생각하기에도 희박한 가능성이었고, 위험한 시도이자 실험이었다.

하지만 그것은 놀랍게도 작동하고 있었다.

[안내 : 현재까지 93%…….]

'조금만 더!'

하지만 그 마지막 순간.

돌아온 라미아 여왕의 눈빛은 안타깝다는 미소를 짓고 있었다.

〈……여인을 이리 거칠게 대하다니. 강약 조절이 아쉽구나.〉

"뭐? 강약 조절?"

뭔가를 직감한 최원호는 황급히 힘을 거두어들였다.

하지만 이미 늦은 것이었다.

라미아 여왕의 몸체에 거미줄 같은 균열이 일어나고 있었다.

[안내 : 현재까지 107%……]

[알림 : 과주입된 '알 수 없는 힘'이 폭주합니다!]

'설마 폭발하는 건가?'

지금으로써는 모를 일.

만약의 상황에 대비해야 한다.

"금군 전원 역소환!"

ㅡ명령을 받잡겠습니다!

여왕을 억누르고 있던 호위 무사들이 아공간 속으로 사라지고, 최원호 또한 사력을 다해 뒤로 물러섰다.

그리고 균열 속에서 붕괴가 시작되었다.

파스스스스……

폭발은 아니었다.

오히려 라미아 여왕은 허망하리만치 간단하게 바스러지고 있었다.

최원호는 입술을 짓씹으며 바라볼 수밖에 없었다.

"젠장……!"

그러자 아련하게 들려오는 정신 파장.

ㅡ나 또한 아깝게 생각한다. 하지만 스스로 깨달았으니 기쁘지 아니한가.

무슨 말일까.

"내가 깨달았다고? 뭘 깨달은 거지?"

물어볼 것이 많아서 도박에 가까운 수를 던지면서 라미아 여왕을 찍어 눌렀던 것인데.

'오히려 끝장을 냈잖아?'

명백한 실패.

그런데 대체 뭘 깨달았다는 것일까.

미간을 찡그린 채 자신을 바라보는 상대에게 라미아 여왕은 쿡쿡 웃음을 짓고 있었다.

−곧 알게 될 것이다. 이제 약속을 지켜라, '영원'의 그릇아.

그 말이 마지막이었다.

라미아 여왕은 균열 속에서 완전히 붕괴되고 말았다.

프스스스스−!

"하아……."

흩날리는 잔해 속에서 최원호는 눈가를 일그러뜨렸다.

게이트 보스의 마지막을 알려 오는 메시지들 때문에 눈앞이 번잡했다.

[알림 : 게이트 보스 '은백색 라미아 여왕'을 처치했습니다!]

[알림 : 모든 게이트 미션이 완수되었습니다.]

[안내 : 스코어보드 갱신과 보상 정산이 진행 중입니다.]
　　[정보 : 공략이 완료된 게이트는 디멘션 하트를 파괴하여 게이트
를 영구히 폐쇄할 수 있습니다.]

"쯧."
디멘션 하트는 젖은 흙바닥에 반쯤 파묻혀 있는 상태였다.
최원호는 만신창이가 된 몸을 이끌고 다가가 그것을 주워
들었다.
'곧 알게 된다고?'
아무런 힌트도 없는데 뭘 알게 된다는 거지?
하지만 다음 순간.

[알림 : 경험을 통해 '알 수 없는 스탯'이 개화합니다!]

"……!"
최원호는 눈을 부릅떴다.
모르려야 절대로 모를 수가 없는 상황이었다.
지나치리만큼 친절하게 설명해 주는 시스템 메시지들이
눈앞으로 떠올랐으니까.

[안내 : 새로운 스탯 '신성'을 깨달았습니다!]
[정보 : 현재 능력치는 13입니다.]

새로운 스탯 '신성'.

44년 동안 수없이 많은 게이트를 넘나들었던 최원호였지만……

"이게 되네."

그에게조차 완전한 미지의 영역일 수밖에 없는 새로운 힘이 모습을 드러낸 순간이었다.

재회하는 뉴비

[알림 : 게이트 보스 '은백색 라미아 여왕'의 관할 구역이 해제되었습니다.]

[안내 : 게이트 보스의 영향력이 사라지며 환경이 변화하고 있습니다.]

거대한 호수가 비워지고 있다.

쏴아아아아아……!

마치 쏟아지는 장대비를 거꾸로 되감는 것처럼 보인다.

모든 물이 하늘을 향해 치솟으며 호수 밑바닥의 구석구석이 드러나고 있었다.

[정보 : 어쩌면 이곳에 알려지지 않은 무언가가 숨겨져 있을지도 모릅니다.]

'그래, 숨겨져 있지. 심혁필이 감춰 둔 저주받은 왼손.'

그러고 보니 게이트가 초기화되어 히든 피스도 하나 되살 아났겠구나.

"……."

하지만 그쯤이야 아무래도 상관없다.

지금 중요한 것은 따로 있었다.

앞서 '신성'이라는 스탯이 개화한 직후, 나에게는 이런 메 시지까지 출력된 상태였다.

[보상 : 새로운 스탯 '신성'을 얻음으로써 새로운 칭호 '신의 그 릇'이 주어집니다!]

[정보 : 모든 스탯에 +6만큼 보너스가 주어집니다.]

[안내 : 신성을 성장시킬수록 보너스 스탯 또한 성장합니다.]

'성장형 칭호는 여럿 있지만…….'

모든 스탯에 보너스 6?

지금까지 이렇게 터무니없이 퍼 주는 칭호는 없었다.

게다가 '신의 그릇'이라니?

그렇다면 '신성'이라는 것이 정말로 신으로서의 성질이나 성격이라는 뜻이 된다.

여기서 신성을 계속 쌓으면 뭐가 어떻게 되는 거야?

설마 신이 될 수 있나?

지구로 돌아온 내가 우주의 절대신?

'으, 신인류라는 놈들만큼이나 중2스러운 것 같은데.'

……젠장. 무지하게 당황스럽네.

자, 처음부터.

'우선 스탯의 기본적인 개념부터 생각해 보자.'

일단 헌터의 스테이터스를 이루고 있는 여섯 개의 스탯.

근력, 민첩, 체력, 지력, 의념, 마력.

이들은 당연히 각자 역할이 있는 능력치들이다.

세계 클랜 협의회에서 정의한 대로 최대한 단순하게 설명해 보자면…….

근력 : 물리적인 완력, 파괴력, 방어의 한계치.

민첩 : 물리 공격의 빠르기와 조준 정확도, 회피 동작의 유연성과 신속함.

체력 : 신체 지구력과 물리 공격의 내구성.

지력 : 마력 기술의 파괴력과 방어의 한계치.

의념 : 마력 기술의 빠르기와 통제 한계, 통제 범위의 넓이, 간섭 배제 능력.

마력 : 마력 사용의 효율성과 발휘 한계치.

대략 이런 식이다.

피지컬 스탯과 멘털 스탯이라는 두 범주에 힘, 빠르기, 맷집이 각각 쪼개져 있는 상태라고 보면 이해하기 쉽다.

사실 상호적으로 아예 겹치지 않는 것은 불가능하기 때문에 100% 정확한 설명이라고 할 순 없다.

빠르게 움직이고 싶다고 민첩 스탯만 냅다 찍는 게 능사가 아니라는 말이다.

그리고 여기에 여러 가지의 히든 스탯이 더해진다.

'운, 매력, 영성, 정령력, 신앙, 마성, 항마…….'

6대 스탯과 달리, 이들은 비공개 형태로 존재하며 헌터가 직접적으로 보너스 점수를 투자하여 키울 수 없도록 되어 있다.

단지 레벨 업과 함께 조금씩 올라가는 수치와 상황에 따른 가중치를 얻는 것이 전부였다.

그 때문에 헌터는 순전히 감각과 직관에 의지해서 이들을 성장시킬 수밖에 없다.

그리고 이러한 히든 스탯 중 하나가 바로 '분노'였다.

'야수계의 수인 헌터들이 타고 나는 히든 스탯. 사실 오로지 야성 특성만을 위한 전담 스탯이라고 봐야지.'

하지만 그것을 후천적으로 체득한 나는 어떤 수인 헌터보다도 분노 스탯의 성질을 정확히 이해하고 있었고.

능력치가 모자란 상황에서도 권능을 사용하는 방법도 알

고 있었다.

'에너지를 최대한 집약하여 일부만 전개하는 방식.'

지구로 돌아오자마자 신우를 겁박하던 그놈을 묵사발로 만들 수 있었던 것도 그런 덕분이었다.

'분노 스탯은 레벨 업을 해 나가면서 계속 오르지만, 권능을 적절한 방식으로 사용하는 것이 스탯 성장에 더 크게 기여한다.'

사실 야수계에서 헌터의 스탯에 관해 가장 깊게 파고든 이들은 흰 뱀 일족이었다.

그놈들은 스스로 생체 실험까지 해대면서 히든 스탯에 대해 전부 밝혀냈다고 으스대고는 했다.

하지만 단언컨대 그중에 '신성'이라는 것은 없었다.

'뭐가 뭔지 제대로 파악하지도 못한 상태에서 개화를 하다니.'

사실 이런 식이라면 히든 스탯이라고 할 수도 없고, 새로 나타난 제3의 스탯이라고 칭하는 것이 옳을 것이다.

'그럼 이 스탯의 역할과 속성부터 알아봐야 한다는 건데……..'

나는 고민에 빠졌다.

일단 두 가지 정도는 확실하다.

신인류가 남기는 무색무취의 마력을 집어먹으며 성장한다는 것.

그리고 게이트 보스에게 심어져 있는 '거짓 사명'을 무력화하는 힘이 있다는 것.

아, '신의 그릇'으로써 보너스 스탯을 적용받는 것도 있긴 했다.

전체 스탯 +6.

'이건 부과적인 효과로 봐야겠지?'

양심에 좀 찔릴 정도로 심하게 큰 부과 효과지만.

'어쨌든 신인류를 털면 털수록 신성을 키우고 비밀을 파헤칠 수 있다는 이야기네.'

그 이외에는 전부 베일에 가려져 있는 상태.

"흐으음……."

나는 '신성 : 13'이라고 추가된 스테이터스를 보며 호기심과 호승심을 동시에 느끼고 있었다.

솔직히 믿기 어렵다.

'진짜 그 대신격이 남긴 힘일까?'

영원.

모두가 두려워했던 나머지, 이름조차 잊어진 신.

이 힘이 정말로 그 신의 조각에서 비롯된 것이라면…….

'재밌으면서도 두렵네.'

솔직히 레벨 250을 넘으면서 이제 모르는 것은 없다고 자부했는데.

내가 오만했던 것 같다.

새로 알아 가야 할 무언가가 생겼다.

신인류, 게이트⋯⋯.

그리고 나에게 자신의 조각을 남긴 대신격까지.

막막하면서도 흥미로웠다.

무엇 하나 녹록해 보이지 않았지만 불가능하다는 생각은 들지 않았다.

나는 44년이라는 세월을 버티며 야수계의 모든 게이트를 닫고 지구로 돌아왔다.

베테랑에게는 베테랑만의 집념이 있는 법.

'⋯⋯이제 시작한 거야. 차근차근 알아 가면 돼.'

차분히 마음을 가라앉혔다.

그리고 다음 순간⋯⋯.

"오, 오빠!"

"수현 님!"

내가 맡긴 역할을 다한 일행들이 돌아왔다.

우리는 지형 변화가 끝난 호수 바닥 한복판에서 재회했다.

다행스럽게도 부상자는 없는 듯했다.

아니, 상태가 가장 안 좋은 것은 나였다.

"이런. 너무 많이 다쳤잖아?"

"세상에! 왜 이렇게 다쳤어!"

"포, 포션 드릴게요! 제일 효과 빠른 게 뭐였더라? 어? 다 썼잖아!"

채윤기가 입을 쩍 벌리고, 신우를 비롯한 블랙핑거 클랜원들이 울어 버릴 것 같은 얼굴이 되었을 정도였다.

하지만 나는 손을 내저었다.

"아니야. 치료는 어차피 나가서 받을 거니까 포션은 괜찮아. 넣어 둬."

"그래도!"

"소고기나 좀 구워 먹으면 돼."

"지금 그걸 말이라고!"

"말이 아니라 소. 말고기는 좀 그래."

"……아재 개그 나오는 거 보니까 멀쩡하기는 하구나."

"내 삶의 낙이란다."

신우를 제외한 여자들이 킥킥 웃자 채윤기가 '이게 통한다고?'라는 표정이 되었다.

나는 그들을 향해 손짓했다.

"모여 봐."

온몸에서 피가 질질 흐르고 있긴 했지만 도마뱀의 미친 회복력은 그것을 서서히 반전시키는 중이었다.

이제 이 게이트에서 마지막으로 해야 할 일에 대해 전달할 차례였다.

정해져 있는 일이었다.

"이규란 마스터, 가서 저주받은 왼손을 회수하세요."

그러자 그녀가 느리게 눈을 깜빡였다.

내 이야기의 의도를 조금 더 파악해 보겠다는 몸짓.

나는 피식 웃고 말았다.

"내가 아티팩트를 가져가기라도 할 줄 알았나 보네."

"……솔직히 그래도 괜찮습니다. 사실 저희 입장에서는 오히려 드리고 싶기도 합니다. 저주받은 왼손은 우리 클랜원들에게는 심혁필이 떠오르는 기분 나쁜 물건…… 그 이상도 그 이하도 아닙니다."

"그건 그렇겠네요."

"네, 수현 씨가 괜찮으시다면 회수한 뒤에 암시장으로 보내서 몰래 팔아 버릴까 싶습니다. 아, 물론 수익은 나누어 드리겠습니다."

하지만 나는 고개를 저었다.

"암시장에 보내더라도 정석진 마스터는 반드시 추적해 올 겁니다. 본인이 도둑맞은 물건이 돌아다니는데, 그냥 두고 볼 사람은 아니에요."

정석진.

내가 몸담았던 이스케이프 클랜의 마스터이자 나의 마법적 스승.

심혁필이 보관하고 있던 '저주받은 왼손'은 그에게서 훔쳐

낸 아티팩트였다.

이규란이 한숨을 내쉬었다.

"그럴 수도 있겠군요. 3대 클랜과 괜히 척질 필요는 없는 일이니…… 젠장, 그럼 어디 한강에다 던져 버려야 하나?"

버려? 그걸?

이런 과격한 여자를 보았나.

"아니지. 반대로 생각해야죠. 이스케이프 클랜과 줄을 댈 수 있는 기회가 될 수 있는 것 아닙니까?"

"기회요? 어? 아!"

힌트를 주자 이규란의 눈동자에 깨달음이 스쳤다.

나는 빙긋 웃었다.

"정석진 마스터를 만나서 물건을 돌려주세요. 꽤 좋아할 겁니다. 게이트 공략밖에 모르는 외골수지만, 기본적으로 좋은 사람이거든요."

저주받은 왼손은 일단 블랙핑거 클랜에 돌아가야만 했다.

그리고 이규란의 손을 거쳐서 다시 정석진에게로 되돌아가는 거다.

'이규란이 전임자인 심혁필의 잘못에 대해 사과하고 돌려주는 그림이 되면 정석진은 틀림없이 호의적으로 나올 거야.'

빚을 지는 것을 싫어하는 양반이니, 무조건 확신할 수 있는 부분이었다.

내가 그렇게 의미심장한 미소를 짓고 있으려니 이규란이

의아한 표정을 지었다.

"수현 씨는 정석진 마스터와 친한 사이신가요? 제가 알기로는 그분은 정말 게이트 공략 말고는 아무것도 관심이 없으시다고 하던데요."

음, 그렇게 보였나?

"그냥 건너건너 알게 된 사이입니다. 그보다도, 거대 클랜과 안면을 텄으면 활용을 해야겠죠?"

"예?"

"서로 친구 먹자고 비싼 아티팩트를 주고받는 것은 아니잖아요?"

가장 좋은 방법은 이거였다.

"이스케이프에 가서 저주 받은 왼손을 돌려주면서 정석진 마스터의 호감을 사는 것에 성공하게 되면, '동맹'을 제안하세요. 블랙핑거가 적당한 투자를 받는 조건으로요."

그러자 이규란의 눈동자가 급격하게 커졌다.

"이, 이스케이프와의 동맹 말입니까?"

"네, 아마 좋은 말로 거절당하겠지만요."

"예에? 아니, 그럼 왜?"

"하지만 며칠 안에 역제안이 올 겁니다. 오히려 훨씬 더 좋은 조건으로 말이죠. 그 사람, 신중하거든요."

"……?"

또다시 의아한 표정이 된 이규란에게 나는 자세한 이야기를 들려주었다.

꽤 도발적인 계획이었을 거다.

그 덕분에 약간의 반발이 있긴 했지만, 내가 몇 가지를 덧붙이자 그녀는 금세 수긍하고 받아들였다.

"알겠습니다. 그렇게 해 보겠습니다."

좋아. 그럼 다 됐네.

"이제 저주받은 왼손을 회수하시죠. 제가 도와드릴 필요는 없겠죠?"

"이 정도는 우리끼리 할 수 있어요."

"오빠는 누워서 쉬고 있어. 보는 사람이 다 짠해지니까."

"······."

여자들은 채윤기마저 내버려 두고 사라졌다.

그리고 잠시 뒤.

[알림 : 이 게이트에 숨겨진 미니 던전 '호수 밑바닥의 허술한 금고'가 공략되었습니다.]

[안내 : 보관되어 있던 내용물이 모두 인출되었습니다.]

여헌터들이 '저주받은 왼손'을 회수하는 것에 성공했다는 메시지가 출력되었다.

드디어 끝난 것이다.

"채 과장, 알지?"

"알고 있다."

약간 상기된 표정의 채윤기.

"……연기 잘해야 돼."

"알았다고!"

긴장했나 보다.

"쫄보."

"뭐? 쪼, 쫄보?"

나는 피식 웃으며 공무원으로부터 시선을 돌렸다.

그리고 주홍색 보석을 가만히 움켜잡았다.

'디멘션 하트.'

혹시 해청을 처음 만났을 때처럼 뭔가 깃들어 있다거나 하진 않을까 싶었는데.

다행인지 불행인지 그런 건 없었다.

그렇다면 마음 놓고…….

콰직!

손안에서 디멘션 하트가 조각조각 부서졌다.

그와 동시에 떠오르는 시스템 메시지들.

[알림 : '유혹하는 라미아의 안개 호수'의 디멘션 하트를 파괴했습니다!]

[안내 : 곧 게이트가 폐쇄됩니다. 마력 폭풍에 주의하세요!]

게이트가 폐쇄되었다.

그 덕분에 우리 모두는 출구를 찾을 필요도 없이 바깥으로 전송되었다.

그리고 준비하고 있던 채윤기가 크게 소리쳤다.

"통제관님! 구급차부터 호출해 주십시오!"

……음, 표정 연기 나쁘지 않네.

이제 내 차례다.

멀리서 황급히 달려오는 게이트 통제관들을 향해 나는 서서히 쓰러지기 시작했다.

"어? 어어어!"

순간적으로 바다거북의 등껍질을 전개하며.

쿵—!

땅바닥에 얼굴부터 박으면서 고꾸라졌다.

물론 방어력을 한껏 올려 주는 권능 덕분에 조금도 아프지 않았다.

하지만 보는 사람에겐 그렇지 않았을 거다.

"뭐, 뭐야! 이 사람부터 옮겨!"

"무슨 피 냄새가……! 설마 죽은 건 아니겠지?"

"바이탈 체크! 어서!"

나는 소란 속에서 들것에 실려 구급차로 옮겨졌다.

이제 곧 브리핑을 듣는 기자들과 기세 싸움을 하게 될 터.

'아, 그전에 미리 해 둘 일이 하나 있지.'

바로 게이트 폐쇄에 대한 보상을 정산받는 작업이었다.

✦

구급차 안.

나는 피투성이가 된 몰골로 누워 있었다.

"헌터님! 괜찮으십니까? 제 손가락 보이세요? 이거 몇 개에요?"

내 눈앞에서 손가락을 흔들어 대는 응급처치 요원.

'백십자 클랜 소속이군.'

그러고 보니 윤희원 씨는 잘 지내려나?

"두 개네요. 전 괜찮습니다. 수고 많으십니다."

"예……?"

차분하게 괜찮다고 말해 주니 처치 요원의 눈동자가 마구 요동쳤다.

어떻게 이야기할까 생각하는데 채윤기가 구급차 문을 열고 들어오더니 대충 상황을 설명했다.

"그냥 앉아 계시면 됩니다. 이 사람, 괴물이라서요."

"뭐? 사람한테 괴물이라니……."

"괴물 맞잖아. 대신 제 깁스 좀 풀어 주세요."

"허, 참!"

어쨌거나 보상을 정산받을 시간이다.

나는 몸을 일으켜 침상에 앉은 채 시스템 메시지들을 확인하기 시작했다.

[알림 : C등급 게이트 '유혹하는 라미아의 안개 호수'가 폐쇄되었습니다.]
[안내 : 모든 정산이 완료되었습니다. 지금 보상을 확인해 보세요!]

첫 번째 보상.
그것은 물론 막대한 경험치에 의한 레벨 업이었다.

[알림 : 레벨이 올랐습니다!]
[알림 : 레벨이 올랐습니다!]
[알림 : 레벨이 올랐습니다!]
[알림 : 레벨이 올랐습니다!]

레벨 34가 되었다.
게이트를 폐쇄하지 않고 공략하기만 했다면 두 단계가 고작이었을 텐데.
'역시 폐쇄 보상은 뭐가 달라도 달라.'
레벨이 올라갈수록 필요 경험치가 많아진다는 것을 고려하면 3배 이상의 경험치를 얻은 셈이다.
'이런 꿀을 못 누리고 산다니.'

새삼 지구의 헌터들이 안쓰러웠다.

새로 얻은 보너스 포인트 4점은 모두 체력에다 밀어 넣었다.

칭호 '신의 그릇' 덕분에 +6을 받긴 했지만, 이번 보스 전에서 맷집에 대해 느낀 바가 컸기 때문이다.

'그리고 조만간 쓸 만한 방어구도 갖춰야겠어.'

이제 철만 아저씨를 만나게 될 테니, 기성품 정도는 아득히 뛰어넘는 물건을 얻을 수 있을 거다.

……그리고 두 번째 보상.

[보상 : 게이트 보스를 처치한 보상으로 '폭풍우 소환권'을 획득했습니다!]

[보상 : 게이트를 폐쇄한 보상으로 '폭풍우 소환권' 1회가 추가됩니다.]

일전에 금군 소환권 2장을 얻었던 것처럼, 이번에는 폭풍우를 소환하는 권리를 두 번 얻었다.

이건 평범한 폭풍우가 아니었다.

〈폭풍우 소환권〉

[권리] 지정된 지역을 재앙적인 비바람으로 타격할 수 있다. 사용자의 레벨과 마력에 따라 범위와 위력이 조금 달라진다.

화염 속성을 가진 적들에게 궤멸적인 피해를 입힐 수 있는 1회용 공격기.

'좋아.'

나는 천천히 고개를 끄덕였다.

모처럼 쓸 만한 것이 나와서 무척 흡족했다.

'왠지 미공략된 게이트보다 초기화된 게이트에서 보상이 더 잘 나오는 것 같기도 하고?'

화염 계열의 게이트를 만나는 경우, 폭풍우 소환권을 아주 요긴하게 사용할 수 있을 듯했다.

당장 다음으로 들어가려고 점찍어 둔 게이트부터가 '용암 거인의 섬'이었다.

그리고 세 번째 보상.

'……아티팩트 뽑기권.'

[알림 : 게이트의 스코어보드에 무기명으로 1위를 기록했습니다.]

[안내 : 해당 게이트가 폐쇄되어 기록이 영구적으로 고정됩니다.]

[보상 : 영구적인 업적을 남긴 보상으로 'B등급 아티팩트 추첨권'을 획득했습니다! 지금 즉시 사용할 수 있습니다.]

과연 뭐가 나올까?

지난 게이트들을 폐쇄시키고 얻은 아티팩트들은 솔직히

그저 그런 물건들이었다.

'무색의 단검, 균질한 어깨 보호대, 소나무 지팡이……'

딱히 특색이 없는 평범한 아티팩트들.

사실 C등급 이하 추첨에서는 원래 그런 편이다.

D등급 추첨권에서 나온 '바람의 회색 망토'가 조금 특이한 경우였다.

'그래도 B등급이면 슬슬 쓸 만한 것들이 나올 때가 됐어.'

나는 약간의 기대감을 품으며 추첨권을 사용했고…….

"……어?"

드디어 수확에 성공하고 함박웃음을 지을 수 있었다.

[알림 : B등급 아티팩트 '완벽한 익명의 안경'을 획득했습니다! 축하합니다!]

'갓경이 나왔잖아?'

깔끔한 디자인의 뿔테 안경은 나에게 꼭 필요했던 물건이 었다.

'이거야말로 10억 원은 넘게 받을 수 있는 건데.'

그새 시세가 더 올랐을 것 같다.

이코에게 메시지를 보내서 물어보니 15억을 호가하고 있다고 한다.

'역시……'

야수계에서는 딱히 쓸모가 없는 물건이었지만 여기 지구에서는 없어서 못 구하는 아티팩트였다.

'흐릿한 인상의 모자의 상위 호환이랄까?'

〈완벽한 익명의 안경〉

[액세서리][B등급] 인식 왜곡 기능이 부착된 안경.

고압축된 마력 파장을 펼쳐 착용자의 얼굴을 전혀 다른 형태로 보이도록 만든다.

이젠 내 얼굴을 알고 있는 헌터들에게도 인식 왜곡을 일으킬 수 있었다.

다른 버프는 없지만 이 인식 왜곡만으로도 바람 망토를 훌쩍 뛰어넘는 값어치였다.

'좋아. 이따가 쓰면 되겠어.'

나는 조용히 그것을 챙겨 두었다.

그리고 마지막 보상이 남아 있었다.

─어때, 주인? 새삼 나의 소중함을 알겠지?

종알거리는 해청.

'그래, 인마. 아주 기특해.'

바로 나에게 주어진 보상이 아니라, 이번 게이트에서 수많은 몬스터들을 베어 가른 수혼검의 성장이었다.

[알림 : 무기 '해청'의 레벨이 올랐습니다!]

[알림 : 무기의 레벨이 4가 되었습니다. 무기의 효과가 추가됩니다!]

[정보 : 민첩에 주어지는 보너스가 +4가 되었습니다.]

[정보 : 새로운 권능 '해태의 해방'을 사용할 수 있습니다.]

-흐음, 해방은 여기서 보여 줄 순 없겠는데? 아쉽다!

또 하나의 권능을 얻은 해청은 헤헤 웃고 있었다.

'그렇게 좋냐?'

-당연하지! 주인도 레벨 업 하면 좋잖아?

맞는 말이네.

'새 기술은 다음 게이트에서 써 보자.'

-응! 알았어!

모든 보상을 확인한 나는 채윤기에게 손짓했다.

이제 잠시 말을 맞추고 브리핑에 들어갈 시간이었다.

게이트가 폐쇄되고 헌터들이 귀환했지만 기자들에게는 아직 아무런 성과도 없었다.

공략 브리핑을 듣고 기사를 써야 했으나 어쩐 일인지 브리핑이 계속 연기되고 있는 탓이었다.

"어이, 최 기자. 뭐 좀 알아? 이거 대체 어떻게 된 거야?"

"열 명이 들어갔다고 들었는데 여덟 명만 나왔잖아?"

"근데 한 사람은 먼저 빠져나와서 차 타고 갔다며? 어제 임 주무관이 그랬는데?"

"하, 답답해 돌아가시겠네. 대체 무슨 일이 있었기에 게이트 폐쇄까지 일어난 거야? 브리핑은 왜 안 해? 이거 국민의 알 권리를 너무 무시하는 거 아냐?"

알 수 없는 이상 현상이 일어난 이후, 닷새나 걸려 공략된 게이트였다.

뭐라도 건져 가야 했다.

기자들이 그런 압박감과 짜증 속에서 서서히 지쳐 가고 있을 때.

─차원통제청에서 알려 드립니다. 지금부터 이번 게이트 공략 및 폐쇄에 대한 브리핑을 진행하겠습니다. 취재를 원하는 언론 관계자 여러분께서는 구급차 앞에 마련된 천막 안으로 와주시기 바랍니다. 다시 한번 알려 드립니다…….

곧 브리핑이 시작될 것이라는 안내 방송이 장내에 울려 퍼졌다.

"이제야 할 모양이구먼. 가 보자고!"

"씨벌, 확인해 봐야지! 대체 얼마나 대단한 일이 있었길래 이렇게 뜸을 들였는지."

"별일 아니기만 해라. 내가 이 펜대가 무섭다는 것을 아주 확실하게 보여 줄 테니까!"

대기하던 기자들은 낄낄거리며 천막을 향해 걸어갔다.

재앙에 대한 두려움 따위는 애당초 가진 적 없는 여유로움이었다.

하지만 천막의 입구를 걷고 안으로 들어선 그 순간.

"헉!"

"히익!"

"세, 세상에……!"

기자들은 눈을 부릅뜨며 식겁하고 말았다.

미리 앉아 있던 세 사람의 상태 때문이었다.

'피투성이잖아?'

'팔에 깁스를 감고 있고.'

'헌터가 아니라 상거지 꼴인데?'

"……크흠."

서로 눈치를 보며 엉거주춤 자리에 앉은 기자들은 헌터들에게 조심스레 입을 열었다.

"저기, 세 분 다 괜찮으신 겁니까?"

"브리핑 가능한 거죠? 말씀 중에 갑자기 기절을 하신다거나……?"

그러나 세 사람은 아무렇지 않다는 표정이었다.

"괜찮습니다."

"기자 분들 다 들어오셨으면 이제 시작하겠습니다."

이규란과 채윤기.

"브리핑 안 해 주면 국민의 알 권리가 계속 무시당하는 것 아닙니까? 얼른 해 드려야지."

그리고 가장 상태가 좋지 않아 보이는 최원호.

그는 완벽한 익명의 안경을 이용해서 얼굴을 감췄지만 은은한 위압감을 내뿜으며 장내를 짓누르는 중이었다.

"크, 크흐음!"

"허, 헌터님께 귀가 참 좋으시네……."

앞서 자신들끼리 했던 이야기가 흘러들어 갔음을 알게 된 기자들의 표정이 머쓱해졌다.

그리고 그들의 머릿속에서 고민이 시작되었다.

'골치 아프네. 취재를 하긴 해야겠는데.'

'해도 되는 건가? 그림이 좀 이상하지 않나?'

'하, 현장 사진 내보냈다가 환자들한테 무슨 취재를 했냐고 욕먹는 것 아냐?'

'그나저나 왜 이리 추운 거야? 여름인데.'

막 응급처치를 브리핑 장소로 나온 세 사람은 전투의 흔적을 여전히 뒤집어쓰고 있는 상태였다.

전신에 엉겨 붙은 흙먼지는 물론이고, 크고 작은 상처에서 적지 않은 피가 흘렀다는 것이 적나라하게 보이고 있었다.

"이번 게이트의 자세한 공략 과정은 블랙핑거 클랜의 요청에 따라 공개하지 않을 예정입니다. 이의 있으십니까?"

일방적인 통보에 기자들은 말없이 고개를 저었다.

헌터들이 죽음의 문턱까지 다녀왔다는 것이 눈에 훤히 보이는 상황.

군말은 도저히 나올 수 없었다.

채윤기는 무표정한 얼굴로 고개를 끄덕였다.

"이해해 주셔서 감사합니다. 브리핑 시작하겠습니다."

❧

"이러한 내부 사정으로 인해, 저를 비롯한 헌터들은 디멘션 하트를 파괴하기로 결정하였습니다……."

슬슬 마무리되어 가는 브리핑.

나는 내심 고개를 끄덕이고 있었다.

'잘하는구먼. 역시 엘리트 공무원이야.'

앞서 채윤기와 맞춰 둔 시나리오는 이러했다.

이 게이트에 숨겨져 있는 '저주받은 왼손'.

클랜 지휘권을 놓고 충돌한 이규란과 고미정은 이 아티팩트를 먼저 찾아내는 쪽이 클랜의 지휘권을 가져가기로 하고 게이트에 들어왔다.

채윤기는 이 과정이 폭력적으로 진행될 것을 예상하고 잠복해 있던 상태였다.

하지만 헌터들은 게이트에 숨어 있던 정체불명의 괴한들에게 습격당하고 말았다.

그리고 때마침 게이트가 초기화된 것.

'혼란을 틈타 블랙핑거 클랜원들은 승기를 잡는 것에 성공했으나 고미정 등을 잃고 말았다.'

우여곡절 끝에 공략은 성공했지만 그 과정에서 헌터들이 크게 다쳤다.

그 때문에 공동 규칙 8조를 이용해서 즉시 탈출할 수밖에 없었다는 결말이었다.

완벽한 기승전결.

'크으, 내가 짰지만 시나리오 참 잘 짰어.'

뿌듯하다!

……이런 거짓말이 필요했던 이유.

첫 번째는 나와 신우가 먼저 게이트에 들어가 있었다는 사실을 은폐하기 위해서.

두 번째는 신인류라는 놈들을 외부에 노출시키지 않기 위해서였다.

중요한 것은 물론 두 번째다.

'지금이 아주 중요한 타이밍이야.'

나는 현 시점에서 신인류라는 괴집단에 대해 감춰 두어야 한다고 판단했다.

그래서 채윤기에게 비밀 수사를 제안한 것이다.

조사관은 생각할 시간을 달라고 해 놓고서 이미 행동에 들어간 상태.

당연히 설득될 수밖에 없었던 거다.

'지금은 정보가 너무 모자라니까.'

쥐 대가리 덕분에 많은 걸 알게 됐지만 그래도 신인류는 여전히 베일 속에 감추어져 있다.

'……특히 한국 내 상황.'

쥐 대가리를 포함하여 몇 명의 헌터들이 신인류에 가담하고 있는 것인지 전혀 알 수 없는 상태.

이래서는 싸움을 시작할 수가 없다.

최소한 한국 내 조직의 윤곽 정도는 파악하고 시작해야 한다는 것이 모두의 공통 의견이었다.

그러므로 신인류를 비공개로 두자는 이야기는 설득력이 있을 수밖에 없었다.

'다만 한 가지 걱정되는 건…….'

그 무왕이라는 놈이 거꾸로 우리 쪽을 공격하는 경우였다.

놈은 SR급을 한참 뛰어넘는 강자임이 분명했다.

'충분히 대비를 해 둬야겠지.'

적당한 진실과 거짓을 섞인 브리핑은 그 시간까지 벌어 줄 수 있을 것이다.

이변이 없다면 분명 그래야만 했다.

하지만.

"……이상으로 마치겠습니다. 그럼."

채윤기가 브리핑 종료를 알린 그 순간.

"잠까안!"

"잠시만요!"

천막 안으로 열댓 명의 헌터들이 뛰어들어 왔다.

두 진영으로 나뉘어 으르렁거리고 있는 그들은 아이언팩 토리와 무진 그룹의 클랜원들이었다.

'김자형과 겨울공주도 있네?'

낯익은 얼굴들을 발견한 나는 의아해졌다.

갑자기 애들이 여긴 왜 나타난 걸까?

순간 등골을 스치는 서늘한 느낌.

"……잠깐만."

하지만 미처 막을 새가 없었다.

두 사람을 포함한 거대 클랜의 헌터들은 채윤기를 향해 이렇게 소리쳤다.

"이봐! 차원통제청의 조사관이면서 '신인류'에 관한 내용은 왜 감추는 거지?"

"제대로 된 브리핑이 아닙니다! '신인류'에 대한 정보 공개를 청구하겠습니다!"

어? 망했네?

"신인류? 신인류가 뭐야?"

"몰라. 근데 어디서 언뜻 들어 본 것 같은데?"

벌써 기자들이 수군거리고 있었다.

'……조졌네.'

제법 나이도 있는 양반들이 달팽이관은 왜 그렇게들 팽팽한 건지…… 슬쩍 옆을 보니 채윤기와 이규란의 표정도 무참히 구겨져 있었다.

각자의 목적과 안전을 위해서 시나리오를 짠 것인데 그게 말짱 도루묵이 되고 말았다.

사실 나도 순간적으로 퓨리 에너지가 빡 차오르면서 당장 난입한 놈들의 죽통을 후려 버리고 싶을 정도였다.

하지만 참았다.

'기왕지사 일이 벌어졌으니.'

지금부터 이걸 활용할 방법을 생각해 봐야지.

"저기, 헌터님들? 죄송하지만 게이트 내부의 자세한 사정은 아까 말씀드렸던 대로 블랙핑거 클랜의 기밀 사안으로 처리……."

"여기서부턴 제가 맡겠습니다, 채 과장님."

"응? 예? 네가? 아니, 헌터님께서요?"

나는 잔뜩 당황한 얼굴로 중언부언하고 있던 채윤기를 제지하며 나섰다.

그러자 모두의 시선이 쏟아진다.

"아까 누구라고 했더라?"

"아, 백수현이라는 F3급 헌터라고 했어."

"고미정이 뽑은 루키라고 하던데?"

기자들은 나를 고미정 측에서 살아남은 헌터로 알고 있었다.

그들은 내 꼬락서니를 봐서라도 일단 듣겠다는 눈빛을 보이고 있었다.

하지만 아이언팩토리와 무진 그룹의 헌터들은······.

"F3급이라고? 뭐야, 넌? 어디서 주제도 모르고 끼어들어? 안 빠져?"

"뭡니까? 신입 헌터가 브리핑을 하는 경우도 있나요?"

각자의 목소리로 나를 상황에서 배제시키려 했다.

하지만.

"말씀을 삼가 주십시오. 여기 계신 백수현 씨는 단순한 신입 헌터가 아닙니다. 이번 게이트의 스코어보드 1위를 기록한 '게임 체인저'이십니다."

"······스코어보드 1위?"

"F3급이 C등급 게이트에서 게임 체인저 역할을 했다고?"

이규란의 침착한 말에 이맛살을 찌푸리며 당황하는 표정이 되고 말았다.

게임 체인저.

불리한 판을 뒤집어 바꾸는 키 플레이어라는 뜻이다.

조금 눈빛이 바뀐 헌터들은 나에게 의문스럽다는 시선을 쏴대기 시작했다.

"자형아, 저 안경도 이거 같지 않아?"

"네, 완익경인 것 같은데요."

"얼굴을 감춘 괴물 신인이란 말이지? 이거 좀 냄새가 나는데?"

"저도 그렇습니다. 혹시 저 자식이 신인류 아닐까요?"

다들 주저리주저리 말도 참 많네.

쾅!

나는 주먹으로 책상을 후려치며 몸을 일으켰다.

달라진 눈높이에 모두가 움찔했다.

이렇게 피 칠갑을 하고 있으니 반송장 같은 환자라고 생각했겠지.

"……."

하지만 난 멀쩡했다.

레벨이 오르고 새로 추가된 스탯까지 효과를 발휘하면서 '수도자 도마뱀의 꼬리'를 통해 모든 상처를 이미 치유한 상태였다.

그뿐일까.

[안내 : 새로운 권능 '젊은 산군의 기세'를 한정적으로 사용할 수 있습니다.]

[정보 : 적대적인 상대에게 무형의 압박감을 주어 기선을 제압할 수 있습니다.]

슬슬 내가 즐겨 사용하던 권능들이 나오기 시작했다.

지금까지의 권능들이 야성 특성의 초입에 있는 것들이었다면.

'이젠 초급과 중급 사이 정도로 들어왔어.'

그중 대표적인 것이 바로 이 권능이었다.

'젊은 호랑이의 기력을 장내에 쏟아 내어 상대를 압도하는 경직 기술.'

나는 권능을 가능한 최대치로 전개하기 시작했고…….

쿠우웅-!

묵직한 기운이 장내에 보이지 않게 내리꽂혔다.

"……!"

그와 함께 모두의 표정이 얼어붙었다.

당연히 그럴 것이다.

'한 번도 느껴 본 적 없는 압박감일 테니까.'

상대를 죽이겠다고 쏟아붓는 살기와는 또 다른 종류의 패기였다.

그 때문에 마력 각성자가 아닌 기자들은 금세 얼굴이 퍼렇게 질려 가고 있었다.

'죽을지도 모르니까 저쪽은 좀 풀어 줘야지.'

대신 아이언팩토리와 무진 그룹의 헌터들에게 압박감을 집중시켰다.

앞서 나는 레벨 34를 달성했고, '신의 그릇'이라는 사기적인 칭호의 +6 버프를 받고 있는 중이었다.

'아마 최소한 레벨 50은 되어야 움직일 만할 거다.'

그리고 그건 이들 중에 두 사람에 불과했다.

첫 번째는 딱딱하게 얼어붙은 김자형의 어깨를 짚고 있는 안경잡이 여자.

'대충 20대 후반 정도 되어 보이고.'

두 번째는 겨울공주의 옆에 선 남자.

'흐음, 30대 초반? 왠지 나이를 가늠하기 어렵네.'

어쨌거나 이렇게 두 사람만이 산군의 권능에서 자유로운 상태였다.

나머지는 전부 마네킹이나 다름없었다.

'특히 저 남자는 예사롭지가 않아.'

일단 겨울공주와 남매처럼 닮은 얼굴인 것도 신기했지만.

"……."

그는 무척이나 흥미롭다는 표정으로 내 권능을 완전히 흘려보내고 있었다.

그렇다면…….

'레벨 50 정도는 옛날에 뛰어넘은 수준이구나.'

[알림 : 특성 '야성'이 직관을 발휘하고 있습니다. '강한 상대'에 주의하십시오.]

야성이 경고를 보내올 만큼 뛰어난 강자였다.
물론 지구 헌터들의 기준이지만 말이다.
'누구지? 저만한 헌터라면 나도 알고 있을 텐데?'
그러나 내 생각은 그리 오래 이어지지 못했다.
"……당장 집어치우지 못해!"
거센 고함과 함께 날카로운 살기가 나에게로 쏟아졌다.
아이언팩토리 측 안경을 쓴 여자.
그녀가 앞으로 한 발 내디디며 나를 향해 예리한 살기를 퍼붓기 시작한 것이다.
샤아아아아아─!
뒷덜미가 얼어붙는 것처럼 서늘해진다.
겨울공주와 함께 있는 남자에 비할 바는 아니지만, 꽤 강한 축에 드는 헌터였다.
'레벨 60 내외 정도 될까?'
그러니 나는 일단 권능을 중지하며 살기를 받아 낼 수밖에 없었다.
'패기 특성이네. 무슨 기술이더라?'

정확하게는 기억이 안 나는데.

아마 '어둠 누르기'였던 것 같다.

……잠깐.

'이거 마나 쓰는 스킬이잖아?'

난 입술을 비틀었다.

"미친 건가? 게이트 바깥에서 대놓고 마력을 쓰네?"

명백한 불법 행위였으니까.

"아이언팩토리는 오늘부터 대한민국 법률 위에 군림하는 초법적인 집단으로 거듭나기로 했나 봐? 기자님들을 위한 기사 거리를 만들어 오셨구나."

그러자 앙칼진 대답이 돌아왔다.

"무슨 개소릴! 마력은 네놈이 먼저 사용했잖아! 이건 정당 방위지!"

그래. 그렇게 떠들 줄 알았다.

하지만 나는 피식 웃어 줬다.

"내가? 언제? 여기서 무슨 마력을 썼다고? 누구, 마력 감지한 사람 있나?"

당황스러운 정적이 이어졌다.

"봐. 아무도 없는 것 같은데?"

"……!"

스윽.

서서히 어둠 누르기가 거두어졌다.

당혹감에 요동치기 시작한 여자의 눈동자를 보며 나는 피식 웃었다.

방금 말한 대로였다.

아이언팩토리에겐 유감스럽겠지만, 이곳에서 난 단 한 톨의 마나도 사용하지 않았다.

쏟아 낸 것은 오로지 퓨리 에너지였다.

'야성은 그것만으로도 충분하니까.'

그 사실은 연쇄적인 효과를 불러일으켰다.

제법 높은 레벨을 갖춘 헌터답게, 아주 단단했던 여자의 정신 방벽이 일시적으로 가라앉으며…….

-대체 뭐야? 이 새끼?

-그럼 순수한 기세만으로 여기 있는 사람들을 다 찍어 눌렀다고……?

-이게 말이 되는 말이야?

순간적으로 보름달 여우의 눈을 통해 정신 파동이 전해져 온 것이다.

그리고 다음 순간.

"……."

나는 안경을 쓴 여헌터의 얼굴을 뚫어져라 바라보고 있었다.

그러자 그녀는 내가 노려본다고 생각했는지 헛기침을 하

며 중얼거렸다.

"미안합니다. 당황해서 착각을 한 모양이네요."

"어디의 누구십니까?"

"아이언팩토리의 타격팀장인 '봄향'이라고 합니다."

……봄향이라고?

'확실하네.'

나는 이 여자가 떠올린 생각의 자락에서 뭔가를 잡아낸 상태였다.

'이게 말이 되는 말이야? 분명 그렇게 생각했지.'

똑같은 말버릇을 가진 사람을 하나 알고 있었던 것이다.

사실 말버릇뿐만 아니라 정신 파장에서 풍기는 느낌 역시 익숙했다.

당시 콜네임은 'SpringScent'.

별명은 '춘향'.

내가 이스케이프에 몸담고 있던 시절, 바로 위 등급인 엡실론 팀에 속한 선배들 중 하나였다.

'그럼 저 안경도 완벽한 익명의 안경인가?'

아마도 그런 듯싶다.

예전 클랜원과 마주하게 되다니.

새삼 기분이 묘해졌다.

'언젠가 이런 일이 생길 거라고 생각하고는 있었지만, 그게 오늘일 줄이야.'

그리고 그 춘향 선배가 아이언팩토리로 이적했을 줄이야.

　－우리 집에 라면 먹으러 올래?

　내 주변을 맴돌면서 눈웃음을 지어 보이던 모습이 어제처럼 떠올랐다.

　번번이 그녀를 밀어냈던 내 모습도.

　늘 나를 조급하게 만들던 영하 누나에 대한 기억까지도⋯⋯.

　'젠장, 이래서 옛날 생각은 하지 않으려고 하는 건데.'

　난 고개를 저으며 상념을 털어 냈다.

　그리고 눈앞의 현실로 돌아왔다.

　'아이언팩토리를 대표해서 이곳에 있는 사람이 춘향 선배라면 나에게는 나쁠 게 하나도 없어.'

　내가 이미 잘 알고 있는 사람이다.

　그런 상대가 나에 대해 모른다면?

　'이 판을 유리하게 끌고 가는 것에 당연히 큰 도움이 되겠지.'

　그럼 됐다.

　나는 우선 기자들을 향해 빙긋 미소를 지었다.

　"아이언팩토리 측에서 마력을 사용한 것은 놀라셔서 그런 거라고 믿겠습니다. 그러니까 기자님들도 넓은 도량으로 이해해 주시면 좋겠네요. 괜찮으시죠?"

"그, 그럼요! 오해였던 것 같네요!"

"방금은 헌터들 사이의 작은 헤프닝이라고 생각하겠습니다. 하하!"

산군의 권능에 짓눌려 있던 기자들은 어색한 웃음을 지으며 시선을 회피했다.

그리고 양 클랜의 헌터들에게로 눈을 돌렸다.

"……헌터님들."

이번엔 조금 차가운 눈빛이 필요하다.

"무슨 일로 이 게이트에 오셨는지는 모르겠지만, 신인류에 대해서 알고 계신다니 이야기가 꽤 길어질 것 같네요. 다들 앉으시죠."

그러는 사이에 다시 젊은 산군의 기세가 발동하고 있다.

아까처럼 전력을 쏟아 내는 것은 아니고.

'살짝. 은은하게.'

은연중에 헌터들을 압박하는 효과를 내는 것이다.

그 결과…….

"크흠, 신인류에 대해 이야기하겠다면야……."

"알겠습니다. 무진, 전원 착석하십시오."

두 클랜의 헌터들 모두 자리를 잡고 앉았다.

나는 그사이에 대략적인 역학 관계를 파악했다.

'역시 아이언팩토리는 춘향 선배가 통솔하고 있지만, 이상하게도 무진 그룹은 겨울공주가 통솔하고 있네?'

곁에 선 남자는 아무런 말도 없고, 결정적인 명령은 겨울공주를 통해 하달되고 있었다.

'뭘까?'

나는 눈을 가늘게 뜨며 두 사람을 바라보았다.

그러다가 겨울공주와 눈이 마주쳤을 때.

'음?'

그녀가 생긋 웃으며 입모양으로 말하는 것을 발견했다.

─오빠, 왜 얼굴 바꿔 놨어요?

⋯⋯오빠?

아, 맞다. 그렇게 부르기로 했었지.

그리고 다음 순간.

나는 겨울공주로부터 깜짝 놀랄 만한 이야기를 전해 들었다.

─이 사람, 우리 마스터예요.

'응? 마스터라니?'

무진에 소속된 겨울공주에게 마스터라는 건⋯⋯?

'설마!'

저 사람이 올노운이라고?

내가 눈을 동그랗게 뜨자 의미심장하게 웃어 보이는 겨울공주.

⋯⋯그랬다.

콜네임 Allknown.

무진 그룹의 클랜 마스터.

대한민국의 톱 랭커이며, 지구 세계의 최강자들인 '세븐 스타즈'의 일원.

그 남자가 이곳에 자리하고 있었던 것이다.

어쩐 일인지 겨울공주와 무척이나 닮은 얼굴로.

"……."

머릿속이 다시 한번 복잡해진다.

'올노운이 여긴 갑자기 왜?'

아니, 그것도 그렇지만…….

'두 사람이 남매였어? 그래서 그렇게 클랜 마스터처럼 이 야기한 거였나?'

겨울공주는 나와 커피를 마시다가 이렇게 말했다.

　-우리 무진 그룹은 고의로 사람들을 해치는 헌터들을 좌 시하지 않을 거예요.

어쩐지 주인 의식이 투철하더라니.

'하, 그런 거였어…….'

뜻밖의 사실에 잠시 어안이 벙벙해졌다.

하지만 이내 차라리 잘됐다는 생각이 들었다.

어차피 비밀 수사는 물 건너간 마당.

'이제 어쩔 수 없이 플랜 B로 들어가야 돼.'

채윤기와 만든 계획이 틀어진 순간, 내가 짜 둔 차선책은 이것이었다.

"다들 신인류에 대해서 궁금하게 생각하시니까 전부 말씀드리겠습니다. '무왕'이란 놈이 있습니다. 한국을 비롯한 아시아 지역을 관할하는 책임자라고……."

바로, 아예 판을 크게 벌리는 것이다.

'그 누구도 혼자서 감당할 수 없을 만큼 큰 판으로 만들어 보자고.'

격랑 속의 뉴비

신인류, 무왕, 예언자.

"허어……!"

최원호의 이야기가 거듭될수록 브리핑 현장의 분위기는 급격하게 얼어붙고 있었다.

처음엔 이게 무슨 이야기인가 싶은 얼굴이었던 기자들은 황급히 녹음기를 켠 채 노트북을 두드리기 시작했고.

"세상에, 그럼 전 세계를 무대로 활동하고 있단 말이야?"

"……우리보다 많이 알고 있어."

아이언팩토리와 무진 그룹의 헌터들은 제각각의 표정으로 그 이야기를 심각하게 듣고 있었다.

그리고 채윤기와 이규란은 아연실색한 상태였다.

'수현 씨! 이렇게 다 털어놔도 되는 겁니까?'

'뭐 하는 거야! 인마! 네가 비밀 수사로 두고 시간을 벌자며!'

그들은 최원호에게 눈빛으로 마구 쏘아붙이고 있었다.

하지만.

'신인류에 대해서 알게 된 건 전부 다 말해 주고, 거신의 조각과 신성 특성에 관한 것만 숨겨 두면 되겠어.'

최원호는 아낌없이 정보를 풀고 있었다.

오히려 잘됐다는 생각마저 들었다.

'입막음을 할 대상이 아득하게 많아진다면 그때부턴 입막음을 할 수 없게 될 테니까.'

그러니까 내친 김에 모두에게 신인류에 대한 정보를 풀어 버리자는 생각이었다.

그리고 최원호의 이런 노림수는 금세 발각되었다.

"앞서 블랙나이트 클랜의 경우처럼, 일반 클랜원이 신인류의 조직원으로 활동하고 있을 가능성을 상정하고, 이를 색출할 방법을······."

"자, 잠깐!"

얼굴이 딱딱하게 굳은 봄향이 말을 끊으며 끼어든 것이다.

"듣고 있자니 점입가경이네! 블랙나이트의 클랜원 한 사람이 신인류에 가담하고 있었다고?"

"다시 반말로 할 겁니까?"

"······있었다고요?"

"네, 소울소드라는 콜네임의 헌터라고 말씀드렸습니다."

"그래요! 영검! 나도 아는 사람이에요. 그런데 그 사람이 신인류라고요? 지금 그게 무슨 뜻인지 알고 하는 말입니까?"

최원호는 옛 선배를 향해서 피식 웃음을 지었다.

"따로 무슨 뜻이랄 게 있습니까? 말 그대로 쥐 대가……. 아니, 영검이 신인류의 일원이라는 말이지. 달리 해석될 이야기가 아닐 텐데요?"

"이봐요! 백수현 씨!"

어금니를 으드득 갈며 몸을 일으키는 봄향.

그녀의 눈빛이 위협적으로 번쩍였다.

"자각을 못하시나 본데! 그런 증명할 수 없는 이야기로 타 클랜의 일원을 비방하는 것은 절대로 해서는 안 될 일입니다!"

"증명할 수 없는 비방?"

"클랜 간의 전쟁이 일어날 수도 있는 빌미라고요! 하물며 블랙나이트와 같은 명문 클랜을 상대로 무슨 망발을 하는 겁니까!"

"……."

최원호는 잠시 입을 꾹 다물며 봄향을 마주 보았다.

마치 여자의 머릿속을 읽겠다는 것처럼…….

그러다가 거꾸로 질문했다.

"그래서요? 무슨 말을 하고 싶은 겁니까?"

"흥."

기 싸움에서 이겼다고 생각한 것일까?

봄향은 입꼬리를 비틀었다.

"방금 그 발언을 철회하세요."

"철회라니요?"

그녀는 눈앞의 상대가 자신의 옛 후배라는 것을 꿈에도 모른 채.

"우선 타 클랜을 모욕한 것에 대해 사과하고! 다시 그런 이야기를 하고 싶다면 그쪽의 주장을 뒷받침할 증거를 가지고 오란 말입니다!"

자신의 속내를 훤히 드러내기 이르렀다.

"흐음, 사과하고 증거를 가지고 와라? 그러면 믿어 주겠다?"

"당연한 것 아닌가요? 듣는 입장에선 정당한 요구죠."

"웃기네요. 아이언팩토리가 모욕을 당한 것도 아니고. 더욱이 증거를 요구할 만한 상황도 아닌데, 뭐가 당연하고 정당하다는 겁니까?"

"아니죠! 다른 사람을 설득하려면 반드시 증거가 필요한 법 아닌가요? 증거가 없다면 허위 비방일 뿐이에요!"

하지만 최원호는 피식 웃으며 고개를 저었다.

"아닌 것 같은데. 오히려 신인류에 대해 너무 자세히 알게 됐다고 판단한 것 아닙니까? 아이언팩토리는 신인류가 두려운 모양이죠?"

"두렵다니, 누가……!"

"그럼 뭡니까? 왜 사실을 검증하려 하지 않고 날 공격합니까? 누가 적입니까? 신인류? 아니면 나?"

최원호는 옛 선배의 의도를 어렵지 않게 파악하고 있었다.

"지금 그쪽은 내 이야기의 근거를 지적해서 신뢰하기 힘든 것으로 깎아내리고, 그냥 유언비어 한마디 들은 셈 치겠다는 거잖습니까?"

이를 통해 신인류의 표적에서 조금이라도 멀리 벗어나겠다는 계산.

"하지만 당신들도 신인류라는 괴집단이 있다는 정보는 이미 알고 있을 겁니다. 그러니 뒤로는 더 철저하게 대비하려고 하겠지요. 블랙나이트 측으로 정보전도 시작할 테고."

"아, 아니야!"

"아니기는……."

다른 헌터들을 방패막이로 삼는 발칙하고 교활한 발상이다.

'원래 춘향 선배는 잔머리가 좀 굴러가는 편이었지.'

최원호는 머릿속으로 예전 기억을 떠올리고 있었다.

같은 소속이었던 시절에도 봄향은 잔머리를 굴려 클랜원들을 골탕 먹이고는 했다.

거대 클랜으로써 클랜원들 간의 경쟁이 생활화되어 있는 이스케이프였지만…….

그녀를 포함한 몇몇 클랜원들은 아랑곳하지 않고 짓궂은

장난을 벌이곤 했다.

그럴 때면 최원호는 이렇게 말하고는 했다.

"좀 적당히 하시죠, 정도란 게 있는데."

"……!"

순간 급격하게 커지는 봄향의 눈동자.

'이 말투! 이 목소리!'

기억 속에 선명하게 남아 있는 후배 헌터의 모습을 떠올린 탓이었다.

─선배, 좀 적당히 하세요. 정도라는 게 있잖아요!

그건 녀석이 항상 시큰둥한 목소리로 하던 말이었으니까.

하지만 봄향은 이내 고개를 가로저었다.

'멍청아, 뭘 생각하는 거야? 걘 옛날에 죽었어!'

그 비극의 후폭풍을 견디지 못해서 자신 또한 이스케이프 클랜을 떠나온 것이다.

"젠장."

'……생각나게 하다니.'

옛 기억을 떠올린 봄향의 표정이 급격히 어두워졌다.

그런 그녀의 모습을 보며 최원호는 씁쓸하게 웃었다.

'선배가 하도 잔머리를 굴리니까, 나도 한 방 먹여 준 겁니다.'

언젠가는 자신이 살아서 돌아왔다는 사실을 알려 주겠지만, 안타깝게도 오늘은 아니다.

"헌터님들."

최원호는 다시 좌중을 향해 입을 열었다.

"증거를 원하시니 보여 드리겠습니다."

아공간 주머니가 열리고 작은 액세서리들이 테이블 위로 떨어졌다.

붉은 빛을 띤 반지들.

"……반지잖아?"

"별다른 마력은 느껴지지 않는데."

"그게 뭡니까?"

최원호는 의문을 표하는 좌중을 향해 간단히 설명했다.

"신인류가 권속을 통제할 때 사용하는 물건입니다. 영검으로부터 압수한 물건이죠."

그러자 모든 이들이 입을 딱 다물었다.

조작된 것이 아니라면 이보다 더 완벽한 증거는 없었으니까.

"사실 우리는 더 많은 정보들을 물밑에서 확보하려고 했습니다. 그런데 여러분들이 그걸 망쳐 놓은 겁니다."

"……!"

"그래도 남 탓을 하고 싶으면 하십시오. 그 정도야 자유니까. 하지만 그게 지금 이 상황에서 도움이 될까요? 전혀 아닐 것 같은데."

비스듬히 고개를 기울이며 읊조리는 최원호의 말에 헌터
들의 얼굴은 딱딱하게 굳어질 수밖에 없었다.

"팀장님, 보아하니 우리가 좋지 않은 타이밍에 들어온 것
같습니다."

"젠장, 골치 아프게 됐잖아?"

눈치 빠르게 상황이 돌아가는 것을 알아챘기 때문이다.

그리고 바로 그때.

"말씀하시는 분, 성함이 뭡니까?"

내내 상황을 지켜보던 무진 그룹의 남헌터가 나섰다.

'올노운!'

남자가 입을 연 순간부터 최원호에게 시스템 메시지가 와
르르 떠오르기 시작했다.

그 역시 마나는 전혀 사용하지 않았음에도 불구하고…….

[알림 : 특성 '야성'이 직관을 발휘하고 있습니다. '훨씬 강한 상
대'에 주의하십시오.]

[알림 : 특성 '야성'이 직관을 발휘하고 있습니다. '압도적인 파괴
력'에 주의하십시오.]

[알림 : 특성 '야성'이 직관을 발휘하고 있습니다. '강력한 마법
내성'에 주의하십시오.]

[…….]

야성이 고함에 가까운 경보를 울려 대고 있었다.

하지만 남자는 지금 이 자리에서 자신의 정체를 드러낼 생각은 없는 듯했다.

"아까 백수현이라고 듣긴 했는데. 가명이겠지요? 실례지만 그것만이라도 알려 주십시오."

아무런 능력도 드러내지 않고 무심하게 말하는 중이었다.

그런데 어깨를 짓누르는 강렬한 압박감이 느껴졌다.

오랜만에 느껴 보는 느낌.

'시선의 무게로군.'

그저 받아 내는 것만으로도 벅찬 눈길의 위력이었다.

"……."

최원호는 가만히 그것을 견디며 생각했다.

'그래, 위대하신 세븐 스타즈란 말이지.'

확실히 강하다.

지구로 돌아온 이후로 만난 이들 중에서 가장 강력한 헌터임에 틀림없다.

하지만 그는 나지막이 웃어 주었다.

"네, 가명입니다. 왜요? 이름이 중요합니까?"

최원호에게는 이미 올노운의 경지를 밟고 넘어선 경험이 있었으니까.

100레벨에 육박하는 헌터의 압박감 정도는 어렵지 않게 흘려보낼 수 있었던 것이다.

올노운은 가만히 팔짱을 끼우며 대꾸했다.

"믿고 싶으니까요."

믿는다고?

"뭘 말입니까?"

"나의 안목을."

대화가 뭔가 이상하게 흐른다고 생각한 순간.

"……."

최원호는 자신을 지그시 바라보는 겨울공주의 시선을 깨달았다.

궁금증과 호기심이 휘몰아치는 소녀의 눈동자가 이쪽을 바라보고 있었다.

생각났다.

'맞아. 저 애는 내가 클로저스 클랜의 마스터라는 것도 알고 있지.'

그럼 올노운도 그걸 알고 있을까?

한국의 최강자는 차분한 목소리로 말했다.

"백수현 씨, 난 당신이 여러 가지를 숨기고 있다는 것을 압니다. 하지만 캐묻지 않겠습니다. 나도 그렇고, 원래 헌터들은 다들 그런 존재니까요. 하지만……."

잠시 말을 멈춘 올노운의 입가가 미미하게 떨렸다.

"이 문제에서만큼은 숨기는 것이 없었으면 좋겠습니다. 다들 마찬가지입니다. 신인류를 대적하는 것만큼은 당신을

비롯한 모든 헌터들이 한마음으로 임해 주었으면 좋겠다는
의미죠."

그러자 묘한 침묵이 장내를 휘감았다.

남자의 정체는 알지 못하지만 그 목소리에 담긴 묵직한 진
의에 압도당한 것이다.

"……."

최원호는 그런 올노운을 바라보며 생각에 잠겨 있었다.

'이상할 정도로 심각한 결의에 차 있네. 그러고 보니 겨울
공주도 신인류에 대해 말하면서 꽤나 단호했는데.'

　-그들은 절대로 존재해서는 안 되는 존재들이에요. 게
이트 안이든, 밖이든.

문득 그런 생각이 들었다.

'혹시 무진 그룹이야말로 신인류에 대해서 뭔가 더 알고
있는 건 아닐까?'

단순한 정의감이 아니라, 보다 직접적인 원한이 있는 것은
아닐는지…….

최원호는 올노운과 겨울공주의 일관된 태도에서 그러한
예감을 느끼고 있었다.

일단은 그저 추측에 불과하지만 말이다.

최원호는 천천히 고개를 끄덕였다.

"무슨 말씀인지 알겠습니다. 명심하겠습니다."

"감사합니다."

올노운은 그에게서 시선의 힘을 거두어들이더니 장내의 헌터들을 둘러보았다.

"제가 무진 그룹을 대표해서 아이언팩토리와 블랙핑거 클랜에 제안하겠습니다. 차원통제청의 조사관님과 기자 분들도 계시니까 마침 잘됐군요."

"……?"

"우리 무진 그룹은 모든 헌터들의 힘을 합쳐서 신인류를 조사하고 추적하는 '합동 조사단'을 창립할 생각입니다. 두 클랜 모두 합류해 주셨으면 좋겠습니다. 차원통제청에는 당연히 협조를 구할 겁니다. 청장님과 직접 면담하겠습니다."

"……!"

그 말에 이규란과 채윤기는 입을 쩍 벌리며 놀랄 수밖에 없었다.

'과장님, 들으셨습니까? 합동 조사단이라고 합니다!'

'오히려 이득이군요. 정말 잘됐습니다!'

최원호의 플랜 B가 이렇게 작동할 줄은 전혀 예상치 못했으니까.

비밀 수사가 첫 단추부터 틀어진 지금.

무진 그룹이 전면으로 나서 준다면 그보다 나은 방패는 없었다.

하지만 봄향은 그렇지 않았다.

그녀의 얼굴은 당혹감으로 무참히 구겨져 있는 상태였다.

"합동 조사단이라고요? 그, 그건……!"

눈동자는 최원호와 올노운 사이를 황망히 오가며 무언가를 찾아 헤매는 중이었다.

'하, 저 선배가…….'

최원호는 속으로 한숨을 내쉬었다.

'또 잔머리를 굴려서 꼬투리를 잡으려고 하는구먼.'

그것을 알아챈 최원호는 곧바로 차단에 나섰다.

"합동 조사단, 좋습니다. 그런데 지금 말씀하시는 분은 누구시기에 무진 그룹을 대표해서 말씀하시는 거죠? 무진의 팀장급이라도 그런 제안은 불가능할 듯한데."

자연스레 화제를 돌리는 것과 함께 올노운을 슬쩍 떠보는 것이었다.

"저도 신뢰가 필요해서 말입니다. 가명이라도 통성명 정도는 해 두는 게 어떻습니까?"

이대로 계속 정체를 감추고 있을 것인지.

아니면 한국의 톱 랭커로서 이 상황을 매듭지을 것인지.

'자, 선택해 봐.'

양자택일을 강요한 상황.

"……하하."

남자는 어쩔 수 없다는 듯 작게 웃더니 입을 열었다.

"전 무진의 마스터를 맡고 있는 올노운이라고 합니다."

상황은 급격히 반전되었다.

'흐음, 솔직히 이렇게까지 흐를 줄은 몰랐는데…….'

뜻밖에도 올노운이 상황을 제대로 만들어 주었다.

"흐어억! 저, 정말 올노운이야!"

"세상에. 혹시 했는데! 진짜였어!"

"촤, 촤, 촤, 촬영 좀! 해도 되겠습니까? 제발요!"

"……하십시오."

"다들 뭐 해! 찍어! 얼른 찍으라고!"

기자들은 여태껏 제대로 공개된 적 없었던 올노운의 실물을 담기 위해 카메라 셔터 버튼을 눌러 대기 시작했고.

"정말로 올노운이라고요? 당신이?"

"그렇습니다."

"말도 안 돼……."

존재감 대결에서 완벽하게 패배한 봄향은 귀신을 만난 듯한 표정이 될 수밖에 없었다.

상대는 한국 최고의 헌터.

꼬투리를 잡는 것은 고사하고, 정신 줄이 성층권으로 날아간 듯한 표정이었다.

"아, 아까 뭐라고 하셨죠? 합동 수색대요?"

"조사단이라고 했습니다. '신인류 조사단'이라고 해 두죠."

"신인류 조사단……."

어마어마한 이야기였다.

모든 클랜을 향해 던지는 폭탄선언.

한국 최강자인 올노운이라는 이름값에 걸맞은 거대한 결정이기도 했다.

"아이언팩토리는 거부하실 겁니까?"

"그, 그에 대한 내용은 우선 저희 마스터에게 보고하겠습니다. 여기서 제가 결정할 수 있는 문제가 아니라서요."

"알겠습니다."

"이해해 주셔서 감사합니다……."

춘향은 사인 좀 해 달라는 이야기를 입 밖으로 내지 않기 위해 내심 온 힘을 기울이는 중이었다.

올노운은 톰 랭커답게 가장 유명한 헌터였지만, 그 유명세만큼이나 많은 것이 베일에 감추어져 있었다.

분명한 것은 한국을 대표하는 검객이며 전 세계에서 가장 강한 세븐 스타즈의 일원이라는 것.

라이벌 클랜의 수장일지언정 사인이라도 한 장 받고 싶은 마음이 간절했다.

하지만 지금은 도저히 그럴 분위기가 아니었다.

앞서 벌인 설전 때문이라도 자리를 피할 수밖에 없었다.

'신인류 조사단이라고 했지? 그땐 꼭…….'

사인받아야지.

"오늘 브리핑은 여기까지 하겠습니다."

최원호의 눈치를 받은 채윤기 과장이 브리핑을 종료시켰다.

"자세한 것은 관계 부처 및 각 클랜과 협의하며 보도 자료를 드리는 걸로 하겠습니다."

그렇게 기자들과 아이언팩토리의 클랜원들이 현장에서 철수한 뒤.

"……백수현 씨."

올노운의 눈이 최원호를 바라보고 있었다.

"아무래도 클로저스 클랜의 마스터로서 '백수팀장'이라고 불러 드리는 것이 나을 듯하군요. 그건 적어도 가짜 이름은 아니잖습니까."

"이름에 민감하시네요."

"집안 내력입니다."

"……?"

눈썹을 들어 올리는 최원호를 향해 싱긋 웃음을 지어 보이는 올노운.

본론은 따로 있었다.

"아까 보여 주셨던 그 반지 말입니다. 저에게 딱 하나만 나눠 주실 수 있겠습니까?"

'반지를 하나 달라?'

신인류가 권속을 다룰 때 사용하는 반지.

이규란을 비롯한 여헌터들이 피를 매개로 하여 종속될 때 사용되었던 것과 같은 물건이었다.

올노운은 더없이 정중한 태도로 그것을 하나 양도해 달라고 요청하고 있었다.

"흐으음……."

아공간에 반지를 하나 불러낸 최원호는 팔짱을 끼우며 피식 웃었다.

"설마 증거를 검증해 보기 위해서 그런 겁니까? 내가 사기를 쳤을 수도 있으니까?"

하지만 올노운은 고개를 저었다.

"아닙니다. 제 이름을 걸고 맹세하건대, 그 반지가 의심스러워서 이러는 건 절대 아닙니다. 팀장님이 보여 주신 반지가 신인류의 물건이라는 것은 저도 잘 알고 있습니다."

"그래요? 그럼 이게 왜 필요하신 겁니까?"

최원호의 날카로운 눈빛 앞에서 올노운은 한숨을 내쉬었다.

"……개인적으로 확인해 보고 싶은 게 하나 있습니다."

확인이라?

최신우가 심층기억제어를 이용해서 훑어보았지만 반지는 딱히 걸리는 것이 없었다.

하지만 올노운은 진지한 눈빛이었다.

"절대 그냥 달라고 생떼를 부리는 게 아닙니다. 팀장님께서도 엄청난 고생을 하시고 얻은 물건일 테니까요. 괜찮으시다면 제가 충분한 대가를 지불하겠습니다."

'대가까지 지불하겠다고?'

정말 간절하게 필요한 모양이네.

최원호는 천천히 고개를 끄덕이며 말했다.

"좋습니다. 하나 드리겠습니다. 대신 제가 원하는 건 따로 있습니다. 듣고 결정하시죠."

"네, 말씀하십시오. 제가 최대한 맞춰 드리겠습니다."

최원호는 진지한 얼굴의 올노운에게 질문을 던졌다.

"전 겨울공주 님과 올노운 님이 왜 그렇게 신인류에 대해 심각하게 생각하시는지 알고 싶습니다만. 알려 주실 수 있습니까?"

"아, 그건……."

가만히 입을 다무는 올노운.

남자는 한참이나 입술을 달싹이다가 한숨을 내쉬었다.

"죄송합니다. 이건 저희의 개인사라서요. 반지는 없던 얘기로 하시죠."

"……예?"

이번엔 최원호가 조금 당황하고 말았다.

'대체 무슨 일이 있었길래?'

"그걸 물어보실 줄은 꿈에도 몰랐네요. 하하."

"……."

괜히 나쁜 놈이 되는 기분.

특히 저 시무룩한 눈동자를 보니 아이에게 사탕을 줬다 빼앗는 어른이 된 것 같다.

'명색이 톰 랭커라는 사람이 무슨 간식 뺏긴 리트리버 같은 표정을 짓고 있어?'

최원호는 한숨을 내쉬었다.

"그냥 가져가십쇼."

팅-!

공중으로 튀어 오르는 반지.

"앗! 감사합니다!"

올노운은 순식간에 그것을 낚아챘다.

"정말 고맙습니다, 팀장님."

하지만 그렇게 말하면서도 신인류의 반지를 바라보는 남자의 눈동자는 낮게 가라앉아 있었다.

마치 오래 전에 헤어진 연인의 사진을 보는 것처럼 말이다.

'……뭐가 뭔지 모르겠네.'

최원호는 미련 없이 돌아섰다.

"그럼 합동 조사단이 만들어지면 그때 뵙죠. 동생분이 제 번호를 알고 있으니까 그쪽 통해서 연락하면 되겠네요."

그러자 올노운이 고개를 기울였다.

"동생이라뇨?"

"음? 겨울공주 님이 올노운 님의 동생 아닌가요?"

"아, 제 딸입니다. 그 녀석이 팀장님의 번호를 알아 갔습니까? 흐음. 이건 좀 의왼데."

"겨울공주가 딸……?"

하, 이 망할 놈의 헌터들.

'……반로환동이구나.'

아득한 경지를 이룬 헌터들은 노화가 정지되거나 오히려 신체 나이가 거꾸로 가기도 했다.

사실 멀리 있는 일도 아니었다.

최원호 자신 또한 야수계에서 44년을 지내면서 조금도 늙지 않았으니까.

'그래서 나이를 짐작하기가 어려웠던 거야.'

이제야 사정을 알게 된 최원호는 한숨을 내쉬었다.

"어쨌든 따님 통해서 연락하시죠. 그럼 전 이만."

그는 미련 없이 뒤로 돌아섰다.

하지만 올노운은 최원호를 불러 세웠다.

"어디 가십니까! 반지값을 받으셔야죠!"

"받은 셈 치겠습니다."

"제가 드린 게 없는데 어떻게 받은 셈 칩니까?"

'고지식한 양반이네.'

그렇잖아도 게이트에서 쌓인 몸의 피로와 봄향을 만나면서 정신의 피로가 환장의 콜라보레이션을 이루고 있는 상황.

"……그럼 제가 나중에 무진 그룹을 한번 찾아가겠습니

다. 그때 말씀 나누죠."

1분 1초라도 빨리 집으로 돌아가고 싶었던 최원호는 훗날을 기약하기로 했다.

그러자 올노운은 크게 반색했다.

"그게 좋겠군요. 감사합니다! 그럼 조만간 뵙겠습니다."

그렇게 헌터들이 흩어지고 잠시 뒤.

뉴스 기사들이 하나둘씩 게시되기 시작했다.

그로 인해 대한민국 전체가 들끓기 시작했다.

[오늘의 공략] 〈속보〉 용인 '라미아 호수' 게이트 강제 폐쇄.

[데일리 게이트] "게이트에서 괴한이 습격" 생환 헌터들의 충격 브리핑. '신인류'의 정체는?

[헌터 포커스] 〈용인 현장〉 한국 최강 '올노운' 등장! "신인류에 대처할 조사단 창립할 것"

[영웅일보] 두 번째 '공동 규칙 8조' 발동…… 잇따른 게이트 폐쇄에 시민들 불안감 커져

[더 게이트] "신인류, 증거를 가져왔다" 정체 감추고 존재감 보여준 '백수현 헌터'는 누구?

2주라는 시간이 흘렀다.

무진 그룹을 중심으로 한 '신인류 조사단'은 차곡차곡 진행되어 10대 클랜 중 절반가량이 참여하기로 결정된 상태였다.

그런 탓인지 신인류의 움직임은 어디에서도 발견되지 않았다.

단지 놈들의 소행으로 생각되는 몇몇 사건들이 재발굴되었을 뿐.

그사이, 나는 D등급 게이트 다섯 군데를 더 공략했다.

혼자서도 C등급 게이트를 확실하게 찍어 누를 수 있는 수준을 갖추기 위해서였다.

이코와 함께 머리를 맞대고, 경험치를 최대한 많이 얻어낼 수 있는 경로로 움직인 결과.

〈스테이터스〉

[최원호]

레벨 : 296(-256) → 40

칭호 : 신의 그릇(전체 +6), 정령왕의 소환자(전체 +1), 타고난 사냥꾼(근력 +5), 천부적인 추적자(민첩 +5), 완벽한 공략가(의념 +5)……

드디어 레벨 40을 달성했다.

지구로 따지자면 R등급 헌터들의 초입이라고 할 수 있는 경지를 밟은 것이다.

그리고 스탯의 경우에는…….

'이제 합산이 200을 넘은 것 같은데?'

슬슬 숫자가 커지니까 원 스탯과 보너스 스탯을 합산해서 봐야겠다.

[전투력 평가]

근력 : 37	민첩 : 37
체력 : 32	지력 : 34
의념 : 35	마력 : 30
신성 : 13	

신성을 제외하고 합계 205.

지구로 돌아온 직후의 합계 스탯이 81에 불과했다는 것을 생각해 보면 이건 괄목상대할 성장이었다.

'역시 칭호들이 쌓이니까 스탯이 팍팍 늘어나네.'

레벨 100까지는 이런저런 칭호들이 계속해서 쌓이면서 보너스 스탯을 꾸준하게 취득할 수 있다.

하지만 그게 계속되는 것은 아니다.

더 이상 수집할 칭호가 없어지면 보너스 스탯의 공급 역시 뚝 끊어지고…….

'그때부턴 고독한 싸움이지.'

오로지 레벨 업에 의한 추가 스탯만으로 인외의 영역을 더 듬어 가야 하는 것이다.

어쨌거나 그건 훗날의 일.

지금은 빠른 성장을 즐기면서 뽑아낼 수 있는 것을 최대한 뽑아내야 하는 시점이었다.

'신성 스탯을 성장시킬 수 있는 다른 방법이 있으면 좋을 텐데.'

안타깝게도 아직까지는 별다른 지름길이 보이지 않았다.

어쨌거나 레벨 40을 달성한 나는 이코를 부산으로 내려 보냈다.

이제 때가 됐으니까.

이코에게서 메시지가 도착했다.

　－시청에 입장 신청했고 차원통제청에서 허가받았다 내일 오후 3시 입장 가능.

　－ㅇㅋㅇㅋ 고맙다.

　－소고기 ㄱㄱ

　－너 혹시 소에 원수졌냐? 전생이 풀떼기였어?

가끔씩 이런 게이트가 있다.

지자체가 특수 목적 게이트로 지정해 두고 헌터들의 입장을 까다롭게 통제하는 게이트.

달맞이 고개에 있는 C등급 게이트 '용암 거인의 섬'도 그랬다.

워낙 많은 헌터들이 찾는 곳이라서 등급 제한은 느슨하게 풀어 두었지만 부산시청에 직접 입장 신청서를 내고 대기 번호를 받아야만 들어갈 수 있었다.

바로 전설적인 아티팩트 제작자 손철만이 은둔하고 있는 곳이기 때문이었다.

그는 나에게 또 하나의 가족 같은 사람이었다.

'내가 나타나면 아저씨는 어떤 표정을 지으실까?'

전혀 모르겠다.

[Web발신]

〈KTX 승차권 예매 안내〉

2023년 8월 29일

KTX 515열차

출발 역 : 서울(10:00) → 도착 역 : 부산(12:40)

특실/ 04호차 5A석

······.

'왠지 좀 긴장되네.'

어쨌거나 곧 만나게 될 것이다.

"후우우-. 어?"

"오빠!"

웨이트 트레이닝을 끝내고 집으로 돌아오는 길에 나는 신우와 마주쳤다.

"퇴근했냐? 오늘도 평소처럼 못 생겼네?"

"시끄러워. 흐어어, 죽을 거 같아. 공략 전술은 100년 전에 다 까먹었는데 내가 공략팀장을 맡다니……."

"공부해야지. 별수 있나."

"휴."

블랙핑거 클랜원들 역시 부단히 노력하고 있는 듯했다.

그들은 레이드 클랜으로 거듭나기 위해 채굴팀을 전부 없애고 세 개의 공략팀을 창설했는데.

신우는 그중에서도 최선임 팀장인 1팀장을 맡게 되었다.

자신을 핍박하던 고미정의 자리를 그대로 차지한 셈.

녀석의 눈 밑에 다크서클이 생기고 있었지만 눈빛은 형형했다.

"짜식, 고생 많다."

"오빠도. 그치만 내가 먼저 씻을 거야."

"뭐? 인마? 감히 오빠를 제치고? 어림도 없지."

"확 보일러 꺼 버린다?"

"그래? 나한테 땅의 정령력이 좀 남아 있는데 혹시 좀 더 먹어 보실?"

"……죄송합니다. 오라버니, 동방예의지국에서 장유유서란 게 있는데 제가 큰 실수를 저지를 뻔했네요."

"암, 옳게 된 집안은 그런 거야."

우리 남매는 티격태격하며 엘리베이터를 타고 올라왔다.

그리고 모퉁이를 돌아서 복도로 접어든 그 순간.

'뭐지?'

익숙한 감각을 먼저 느낀 나는 눈을 가늘게 떴고.

"뭐야……?"

신우는 발걸음을 우뚝 멈춰 섰다.

그리고 인상을 험악하게 일그러뜨리기 시작했다.

"씨바, 저 새끼가 왜 또 왔어?"

현관문 앞에 반갑지 않은 얼굴들이 서 있었던 것이다.

"신우 씨."

브리핑 현장에서 봤을 땐 별생각 없었는데.

'여기서 보니까 이상하게 열 받네?'

내가 지구로 돌아오자마자 신명나게 쥐어 팬 김자형.

옆에는 딱딱한 표정으로 서 있는 오수민까지…….

그때 조합 그대로였다.

'어떻게 여기 온 거지?'

나는 턱을 긁적이며 생각에 잠겼다.

'흡혈뱀의 기생충이 벌써 효력을 다했나? 그때 퓨리 에너지를 정말 쥐똥만큼 써서 넣긴 했지만 아무리 그래도 1년쯤은 거뜬할 텐데?'

내가 이 두 사람에게 사용한 흡혈뱀의 권능은 그리 녹록한 힘이 아니었다.

일단 주인인 나와 가까워지면 위치를 알려 오고.

간단한 암시를 주입할 수 있게 도와주며…….

결정적인 순간에는 대미지까지 가할 수 있는 강력한 권능이었다.

〈최신우 앞에 나타지 마.〉

〈너희는 내가 누군지 모른다.〉

특히 그때 주입한 암시가 제대로 작동하고 있다면 이들은 동생 앞에 나타나서는 안 되는 인물들이었다.

'뭔가 변수가 생긴 건가?'

위험을 배제할 다른 방법이 뭐가 있더라?

내가 심각하게 고민에 빠졌던 그 순간.

쿠웅-!

그보다 먼저 강력한 마력이 터져 나오며 둔중한 충격파가 일었다.

동시에 고함이 쏟아졌다.

"죽어! 이 개새끼야!"

……바로 내 옆에서.

'음, 알아서 잘하는구나.'

괜히 고민했다.

[알림 : 특성 '야성'이 반응하고 있습니다.]

분노의 감정은 쉽게 전염된다.

그 말은 적이든 아군이든 화가 나 있다면 누구든지 나의 에너지원이 될 수 있다는 뜻이기도 했다.

이번엔 신우였다.

여동생은 그때 못한 분풀이를 하겠다는 것처럼 마력을 뿜어내며 돌진했다.

나는 가만히 팔짱을 끼웠다.

'뭐, 말릴 필요는 없겠지.'

신우가 두 사람을 죽을 정도로 팬다면 말리겠지만…….

저들도 명색이 헌터인데 그렇게 쉽게 죽진 않을 거다.

마력을 일으킨 신우가 공격 주문을 영창했다.

"주먹!"

[스킬 : '빅 피스트'.]

후우우우욱–!

마력으로 형성된 거대한 주먹이 두 사람의 정면으로 날아들었다.

낡은 아파트의 일렬 복도에는 피할 곳이 전혀 없었다.

그러니 선택은 하나.

"디, 디펜스 업!"

이번엔 오수민의 캐스팅이 김자형을 휘감으며 투명한 방어막을 형성했다.

김자형은 앞으로 성큼 나서며 신우의 마법 주먹을 마주 때렸다.

"크아앗!"

버프에 힘입어 거대한 주먹을 직접 쪼개 버릴 수 있다는 듯이.

하지만 그건 희망 사항에 불과했다.

콰작!

"컥……!"

"아악!"

'쯧쯧, 한 방에 뚫렸네.'

저들에게 수모를 당했던 그때와 달리, 지금 신우는 마력 체계를 완벽하게 회복한 상태였다.

워록의 경지를 목전에 둔 전투 마법사로서 모든 힘을 사용할 수 있는 상황.

'N등급 전위 따위가 버틸 수 있는 파괴력이 아니지.'

심지어 배후에서 받쳐 주는 지원이 있다 하더라도-.

"죽어, 이 새끼들아!"

일방적으로 쥐어터질 수밖에 없었다.

순식간에 피 떡이 되어 나자빠지는 두 사람.

그러나 신우는 무자비하게 몰아쳤다.

이번엔 주문 영창도 없었다.

촤르르르륵!

마나 입자들이 일제히 뒤집히고 진동을 일으키며 쇳소리를 쏟아 냈다.

아지랑이처럼 일렁이는 지배력에 휘감기는 김자형과 오수민.

"우에엑!"

"자, 잠깐마아안……!"

두 사람은 눈알을 까뒤집으며 발작하기 시작했다.

'흐음, 이번엔 사이킥 익스클루전이군?'

상대의 의식 세계를 파고들어 마력 체계에 역류를 일으키는 강력한 정신계 마법.

신우가 자랑하는 제로 캐스팅 마법 중 하나였다.

입으로 주문을 외울 필요 없이 머릿속으로 마법진을 떠올리고, 마나 입자를 배열하는 것만으로 마법을 쏟아 낼 수 있다는 것이다.

'그리고 보니 저게 아마 세현이가 개발한 건데 신우가 배워서 써먹기 시작한 거였지?'

문득 실종된 장세현이 떠올랐다.

나에게는 죽은 구준백만큼 아픈 기억이었다.

'그 녀석이 죽었는지 살았는지도 모른다니.'

새삼 마음 한구석이 시큰하게 저려 온다.

"……."

김자형이 입을 연 것은 바로 그때였다.

"자, 잠깐만요! 신우 씨! 해, 해코지를 하러 온 게 아닙니다! 제발!"

흡사 머릿속이 튀겨지는 듯한 고통일 텐데.

놈은 두 손을 모으며 신우에게 간절하게 소리치고 있었다.

하지만 신우는 가차 없는 여자였다.

"닥치고 죽엇!"

'잘한다, 내 동생.'

"제발요! 따, 딱 한 말씀만 드리고 가겠습니다!"

"말씀 필요 없어!"

"아! 이건 큰돈이 걸린 문젭니다! 어마어마하게 큰돈을 벌 기회라고요!"

"……돈?"

나는 이마를 짚으며 한숨을 내쉬었다.

'아이고, 또 그놈의 돈이 문제네.'

그냥 마법을 피하기 위해서 뭐라도 던진 것 같은데.

뭐, 일단 해코지하려고 온 게 아니라는 것은 사실인 듯했다.

"허억, 허억……!"

사이킥 익스클루전이 조금 느슨해지자, 김자형은 숨을 헐떡거리며 내 눈치를 보기 시작했다.

은은한 적개심과 함께 들려오는 생각.

−누구지?

−설마 남자친구?

−젠장. 이제 난 기회가 없는 건가?

요놈 봐라? 날 기억하지는 못한단 말이지?

'흡혈뱀의 기생충이 완전히 깨진 건 아닌 것 같은데…….'

그렇다면 여기까지 온 게, 정말로 신우에게 이야기를 해 주기 위해서인가?

걸려 있는 암시를 억지로 이겨 내고서도 반드시 해야 할 중요한 이야기.

……과연 그게 뭘까?

김자형은 입술을 꾹 깨물며 신우에게 말했다.

"신우 씨, 합동 조사단에 절대로 가담해서는 안 됩니다. 게이트 테러리스트들이 수두룩하게 깔려 있을 겁니다!"

나는 눈살을 찌푸렸다.

'게이트 테러리스트라고?'

이건 또 뭐야?

"……."

"……."

"쩝쩝, 역시 소고기는 꽃등심……. 너네 왜 그러냐? 무슨 일 있었어?"

소고기를 쉼 없이 흡입하던 이코가 쩝쩝거리며 우리 남매의 눈치를 보았다.

녀석은 부산에서 뒤늦게 올라오느라 무슨 일이 있었는지 모르는 상황이었다.

나는 이코의 손아귀에 붙잡힌 불쌍한 꽃등심을 낚아채며 간단하게 설명했다.

"김자형이 다녀갔거든."

"응? 뭐? 기, 김자형? 여기가 어디라고, 그 새끼가!"

이코는 눈을 부릅뜨며 젓가락을 쾅 내려놓았다.

녀석도 내가 지구로 돌아온 그날 무슨 일이 있었는지 알고 있었다.

"아우 씨! 내가 있었으면 그 자식을 곧바로 개작살을 내 버렸을 텐데!"

붉으락푸르락하는 얼굴에 나는 피식 웃었다.

"헌터도 아닌 놈이 무슨 수로?"

"음? 어, 그건……."

"그리고 이제 신우가 훨씬 강해. 아까도 마법으로 무자비하게 폭력을 휘둘러서 피 떡으로 만들어 돌려보냈다고."

"엥? 정말 피 떡으로 만들었어?"

"아 씨, 무슨 피 떡이야!"

"피자떡볶이 먹고 싶다. 이따 야식으로 해 주라."

"이 미친 오빠가. 소고기나 먹어!"

"해 주라!"

"해 주라!"

"……미치겠네."

역시 여동생 놀리기가 세상에서 제일 재밌다.

어쨌거나.

신우와 내가 생각에 잠긴 것은 김자형이 꺼냈던 그 이야기 때문이었다.

'게이트 테러리스트들이 합동 조사단 내부에 숨어 있을 것이다…….'

사실이라면 중요한 정보였다.

합동 조사단의 활동에 큰 지장이 생길 수도 있었으니까.

나는 김자형에게 그 이야기의 출처를 물었다.

우선 그 이야기의 진위 여부부터 파악해 보자는 생각이었다.

거짓말일 가능성도 있었지만, 솔직히 딱히 무슨 이득을 노리고 떠드는 말인지 가늠하기가 어려웠다.

그야말로 아닌 밤중에 홍두깨 같은 정보였던 것이다.

하지만 김자형은 출처를 확인해 주지 않았다.

놈은 '죄송하지만 그건 알려 드릴 수 없습니다!'라고 대꾸
했고…….

신우는 '그럼 더 처맞아, 이 새끼야!'라고 외치며 마법 주
먹을 휘둘렀다.

보름달 여우의 눈으로도 딱히 걸리는 게 없는 상황.

오히려 생각이 들려온 쪽은 김자형이 아니라 오수민 쪽이
었다.

　-저 남자. 내가 어디서 봤지?

　-뭔가 떠오를 듯 말 듯한 느낌.

　-뭐지? 내 기억에 뭔가 공백이……?

김자형과 똑같은 암시가 걸려 있음에도 불구하고 뭔가를
기억해 내려고 애쓰고 있는 것이 느껴졌다.

'그래 봐야 어림도 없지만.'

거대 클랜의 후계자를 보좌하는 마법사로서 나쁘지 않은
재능을 갖춘 덕분인 듯했다.

오수민은 나를 향해 이런 생각도 떠올리고 있었다.

　-그래. 차라리 저 남자 쪽을 설득하는 게 나을 수도 있어.

─신우의 남자친구라면 위험을 모른 척하진 않을 것 같은데…….

'위험 자체는 거짓이 아닌 것 같은데.'

물론 김자형과 오수민이 나에게 말을 거는 일은 없었다.

난 흡혈뱀의 권능을 직접 사용한 권리자로서, 본능적인 위압감을 풍기고 있었으니까.

결국 두 사람은 그렇게 모호한 경고만 남기고 도망치고 말았다.

"……흐으음."

젓가락으로 김치를 집어먹으며 생각에 잠기는 이코.

녀석은 정보 전문가로서 사건을 분석하기 시작했다.

"일단 그 두 사람이 신우가 마법을 사용하는 것에 대해서 의문을 표하지 않는 걸 보면, 신우가 마력 체계를 회복했다는 사실은 슬슬 알려지기 시작한 모양이네."

"뭐, 그렇겠지."

"인마, 의외로 그게 보통 일이 아니야! 마력 체계가 손상돼서 업계를 떠난 헌터들이 얼마나 많은데. 굉장히 특별한 정보라고. 아마 다들 눈치 보고 있을 거다, 저게 대체 무슨 일인가 하고."

"흠."

"이건 업계에 더 크고 뜨거운 이슈가 있어서 그런 것도 있어. 신인류와 합동 조사단이라는 핵폭탄이 떨어져 버렸으니까. 정보 업계에서는 다들 머리가 터질 지경이야."

"그래?"

"그렇다니까? 너야 사건 당사자니까 아무렇지 않겠지만 요즘 장난 아니야. 내가 너랑 손잡지 않고 회기동 사업만 하고 있었으면, 아마 지금쯤 빌딩 올라가고 있을걸. 유통되는 정보가 어마어마하다고."

나는 피식 웃었다.

이 자식이 갑자기 생색은…….

"나랑 손 안 잡았으면 거기서 빌딩이나 올리고 있었겠지. 소고기도 못 먹고."

"응? 뭐? 아, 푸하하하! 그렇겠네."

장담하건대, 이코는 이 동업을 후회하지 않을 것이다.

정보 상인으로서 만지는 돈은 줄어들었지만, 우리는 서서히 헌터 업계에서 유명해지고 있는 중이었으니까.

마찬가지로 빅 이슈에 가려져 있어서 그렇지, '클로저스 클랜'이 엄청난 속도로 게이트를 공략해 준다는 이야기는 서서히 퍼져 나가고 있었다.

'몇몇 N등급 유망주들이 나와 클로저스 클랜에 관심을 보인다는 이야기까지 들려오는 상황.'

하지만 난 무시했다.

지금 시점에서 클랜의 몸집을 키우는 건 전혀 중요한 일이 아니었기 때문이다.

'다만 이코의 사업을 도와주기로 했으니 몇 가지는 해 줘야겠지.'

중견 규모의 클랜들이 의뢰하는 컨설팅 사업.

정보가 부족한 게이트들의 공략법을 컨설팅해 주는 것이 그런 업무였다.

매주 이코는 상당한 일감을 확보해 왔고, 나는 적당한 수준에서 내 노하우를 활용하여 녀석을 도와주고 있었다.

정확히는 모르겠지만 아마 돈을 갈퀴로 쓸어 담는 중일 거다.

"……근데 뭐가 어쩌고 어째? 뻘디이이잉?"

"크흠, 동업자 양반께서 디테일에 집착하는 나쁜 버릇이 있으시네."

"연봉을 확 깎아 버리는 수가 있어."

"죄송합니다, 사장님. 헤헤!"

"징그러운 소리 하지 말고 하던 이야기나 마저 해 봐."

"아, 그래. 아무튼 신인류 조사단에 게이트 테러리스트가 잠입해 있을 수도 있다는 이야기는 검토해 볼 필요가 있어. 의외로 김자형이 쓸모 있는 정보를 줬을 수도 있단 말이지."

"어째서?"

신우가 되묻자 이코의 눈빛이 진지해졌다.

"최근 게이트 테러리스트들의 행동 수법이 많이 달라졌다는 이야기가 돌고 있거든. 예전엔 특공대처럼 무작정 게이트를 뚫고 들어가서 디멘션 하트를 파괴하는 식이었지만 이젠 아니라는 거야."

"그러면?"

"평범한 헌터를 가장하고 클랜에 잠입한대. 그러고는 결정적인 순간에 디멘션 하트를 갈취해서 파괴해 버리는 방식. 일종의 잠입 요원이라고 해야 하나?"

……그거 재밌네.

'스파이처럼 움직인단 말이지.'

그렇다면 김자형의 이야기에도 어느 정도 가능성이 생긴다.

아이언팩토리 측에서 합동 조사단으로 가담하는 헌터들 중에 평범한 헌터를 가장한 테러리스트가 섞여 있을 확률이 있는 것이다.

"정말 그렇다면 문제는 두 가지로 압축할 수 있지."

이코가 나와 신우를 바라보며 정리했다.

"첫 번째는 김자형이 어떻게 그런 정보를 입수했느냐는 것. 다시 말해 그놈은 테러리스트들과 어떤 관련이 있느냐는 것이고……."

두 번째는 간단했다.

"……그놈의 테러리스트들이 신인류 조사단에는 왜 대가리를 들이미느냐는 것이지. 그 음흉한 새끼들의 목적이 뭘까?"

"게이트 테러리스트들의 목적?"

이코의 말에 신우가 고개를 기울였다.

"그건 너무 당연한 것 아냐?"

"뭐가 당연해?"

"아니, 게이트 테러리스트잖아? 그럼 게이트 폐쇄가 목적이겠지."

……그건 그러네.

"다른 목적이 뭐가 있겠어? 중간 과정이야 모르겠지만, 어쨌든 궁극적으로는 그게 목적 아닐까?"

"그런가?"

"틀린 말은 아닌데. 중간 생략이 너무 많잖아."

나와 이코는 고민에 빠질 수밖에 없었다.

그러자 신우는 설거지를 하기 위해 몸을 일으키며 정리했다.

"한 가지 분명한 점은 지금 당장은 할 수 있는 일이 없다는 거야."

"음."

"그러니까 설거지나 좀 하셔."

"……나? 아님 얘?"

"둘 다!"

나는 이코와 설거지를 하며 생각했다.

'김자형, 아이언팩토리, 합동 조사단, 신인류, 테러리스트…….'

이 일련의 정보들을 꼼꼼하게 머릿속에 담아 두는 것이다.

막연한 예감에 불과했지만, 이들은 하나의 흐름을 이루고 있었다.

분명 마주하게 되는 순간이 올 것이다.

그리고 이튿날이 되었다.

KTX를 타고 부산에 도착한 나는 곧바로 달맞이 고개로 향했다.

이제 아저씨를 만날 차례였다.

'전설적인 아티팩트 제작자, 손철만.'

그는 영하 누나의 아버지이며……

갑작스럽게 부모님을 잃은 우리 남매를 키우다시피 했던 옆집 아저씨였다.

혼나는 뉴비 (1)

윤희원은 눈동자를 열심히 굴리고 있었다.

"마! 니는 지금 시간이 몇 신데! 막내가 빠져 가지고!"

"일로 온나. 궁디 딱 대. 발로 차서 다 트자 뽈라니까."

"헤헤. 죄송함다, 행님들."

"시끄럽다. 다 왔으면 얼른 드가자. 입장 시간 다 됐다."

사방에서 들려오는 경상도 사투리들.

"……."

몇 번을 들어도 이게 싸우는 건지 아닌 건지 헷갈린다.

"닥터와이 헌터님! 아따, 콜네임 깔롱 지기네. 빨리 가입
시다!"

"아, 예."

그나마 타지 사람이 듣고 있을 때는 되도록 또박또박 이야기하려고 노력해 줘서 고맙다고 해야 하나.

'지난주 목포에서도 못 알아들어서 고생했었는데. 알바 헌터 노릇도 보통 일이 아니구나…….'

백십자 클랜의 윤동식 마스터의 외동딸, 윤희원.

보름 전 그녀는 병원에 사표를 낸 뒤 본격적으로 헌터로서의 수련을 시작했다.

아버지와 싸우다시피 하며 얻어 낸 F1급 라이선스를 가지고 여러 지방을 돌아다니며 아르바이트 헌터로서 활동하는 것.

'레벨 업 열심히 해 두고 하반기 인증 시험에 N등급 따야지!'

윤희원은 가장 밑바닥부터 차곡차곡 올라갈 생각이었다.

물론 모두 그녀의 뜻대로 되는 것은 아니었다.

창덕궁 좀비 게이트 사건 이후, 딸의 활동에 불안함을 느낀 아버지.

　-무조건 진환이랑 다녀! 안 그러면 라이선스고 나발이고 없을 줄 알아!

윤동식이 최후의 조건으로 내건 보호자와의 동행만큼은 거절할 수 없었던 것이다.

"희원아, 이번에도 안전하게. 알겠지?"

"……네."

"그래, 다치지 말고 조심히 다녀오자."

깎아 낸 것처럼 잘생긴 남자가 옆에서 싱긋 웃음을 짓고 있었다.

주진환.

SR급 31위에 해당하는 랭커 헌터.

콜네임은 'RedCircle'.

궁술로는 SR급 헌터들 중에서도 최고이자, 떠오르는 천재로 손꼽히는 이 남자가 바로 윤희원의 보호자였다.

비록 지금은 F1급 헌터인 'shieldY'로 꾸미고 있었지만 말이다.

윤희원은 작게 한숨을 내쉬었다.

'F1급 헌터가 SR급 헌터를 보디가드로 쓴다는 게 말이 돼?'

배보다 배꼽이 명백하게 큰 상황.

이번 게이트에 두 사람을 끼워 준 부산의 '갈가마귀 클랜'은 자신들을 남매로 알고 있는 상황이었다.

주진환은 스스로 부부라고 소개하고 싶어 했으나, 윤희원은 다시는 얼굴 보지 않겠다는 엄포를 놓으며 그것을 저지하는 데에 성공했다.

하지만 이러나저러나 주진환과 꼭 붙어 있어야 한다는 것은 달라지지 않았다.

"앞으로 나서도 되는데 내 시야 안에서 벗어나지만 마. 알겠지, 희원아?"

"……알았어요."

자신에게 친절하고, 기가 막히게 잘생긴 미남에다, 엄청난 실력을 갖춘 헌터다.

윤동식도 주진환과 진지하게 만나 보라며 은근히 부추기고 있는 상황이었다.

하지만 아주 어릴 때부터 주진환을 보아 온 윤희원은 그저 시큰둥했다.

'진환 오빠랑 무슨 결혼이야?'

그보다는 눈앞에 서 있는 긴 행렬과 그 끝에 있는 게이트가 궁금했다.

C등급 게이트 '용암 거인의 섬'.

해운대 바닷가가 내려다보이는 달맞이 고개에 위치한 이 게이트는 여러 의미로 헌터들에게 유명했다.

우선 첫 번째로 C등급답지 않게 엄청나게 크고 복잡한 구조.

망망대해 위에 백여 개의 섬들이 뿌려져 있는데, 제각각 생태가 모두 달라서 리젠되는 몬스터들도 수십 가지 종류에 달했다.

'공략 난도가 어마어마했겠어.'

최초 공략 당시, 차원통제청이 승인한 공략대가 네 번이나 전멸했고……

결국엔 한국 최강의 클랜인 무진 그룹이 나선 끝에야 모든 미션을 완수하고 게이트를 공략 상태로 만들 수 있었다.

게이트의 등급과 난이도가 비례한다고 생각하는 루키들을 교육할 때 반드시 인용되는 사례였다.

두 번째는 특수 자원.

스캐빈저 클랜들의 주요 수입원은 지하의 마력석 광맥과 몇몇 고위 몬스터들의 부산물이다.

하지만 용암 거인의 섬은 일반적인 게이트와 궤를 달리하는 게이트였다.

'여기서는 거인족이라는 특별한 몬스터들이 리젠되는데, 이들의 피와 뼈가 마력 각성자들에게 특별한 효능을 가지고 있는 것으로 파악되고 있지.'

즉, 마력 의학 분야에서 연구할 것이 무궁무진한 것으로 평가되는 특수 자원의 보고와도 같은 게이트였다.

그러니 크고 복잡한 구조임에도 불구하고 수많은 헌터들이 찾는 게이트로 자리매김할 수 있었던 것이다.

'나도 거인족을 사냥해서 시료를 채취해 가야지.'

……물론 솔로 킬은 무리겠지만.

그리고 이 게이트가 가진 유명세의 마지막 이유.

'우리나라에서 유일하게 마이스터 칭호를 가지고 있는 아티팩트 제작자가 은거하고 있다지?'

일명 '마이스터 손(Meister Son)'이라고 불리는 장인의 은거지가 바로 이 게이트이기 때문이었다.

윤희원은 게이트 앞에 줄을 서 있는 헌터들을 훑어보며 생각했다.

'아마 이중에 절반 정도는 마이스터를 찾기 위해 온 사람들일 거야.'

태반은 그에게 개인 장비를 만들어 달라고 의뢰를 하고 싶은 헌터들이라는 것이다.

하지만 가능성은 희박했다.

그 마이스터는 백여 개의 섬 중 하나에 조용히 은신하고 있는 상태라고 했다.

게다가 은신처가 발각될 때마다 옮겨 다닌다고 하니, 이들이 마이스터를 찾아낼 가능성은 거의 없다고 봐도 무방했다.

그러나 다들 실낱같은 가능성을 노리고 부나방처럼 이곳을 찾아온 것이다.

'쉽게 말해 복권이란 거지.'

사실 그럴 만한 값어치가 있긴 했다.

일단 '아티팩트 마이스터'라는 칭호는 세계 클랜 협의회에서 부여하는 것으로.

지금은 전 세계에서 딱 다섯 명만이 아티팩트 마이스터라고 불리고 있었다.

즉, 망치질깨나 한다고 스스로 사용할 수 있는 이름이 아니었다.

그만큼 실력 있는 장인이며, 그의 손을 거친 모든 물건이

명품으로 취급받고 있었다.

그리고 심지어는…….

'무슨 이유인지는 모르겠지만 마이스터 손을 찾아내면 소정의 과정을 거쳐서 무료로 아티팩트를 제작해 준다는 소문이 돌고 있어.'

세계 5대 마이스터의 명품을 공짜로 얻을 수 있는 기회!

가능성은 극히 희박하더라도 성공만 한다면 어마어마한 이득을 챙길 수 있을 것이다.

'어쩌면 나도 마이스터를 찾아서 새로운 장비를……?'

슬슬 줄어드는 대기열을 보며 잠시 망상에 빠졌던 윤희원은 피식 웃었다.

'으이구, 내 주제에 무슨……. 사냥 경험치나 잘 먹고 거인족을 사냥하게 되면 부속이나 좀 나눠 달라고 해야지.'

그리고 마이스터의 아티팩트라면 이미 하나 가지고 있잖아?

망상을 깔끔하게 접은 그녀는 부산 남자 사인방이 와글와글 떠드는 것을 보며 생각했다.

'그래도 이번 파티원들은 잘 구한 것 같아. 강릉에서는 다들 말이 너무 없고 사무적이라서 당황스러웠는데.'

경남권에서 주목받는 클랜 중 하나라고 하니, 잘 따라가기만 하면 수확을 얻을 수 있을 듯했다.

"…….."

안타깝게도 그들의 눈빛이 스산하게 번쩍이는 것을 눈치

채지 못한 성급한 판단이었지만 말이다.

'행님들, 오늘 털어먹을 거 좀 나오겠네요.'

'난 저 여자 팔찌가 땅기네. 이따가 판 잘 만들어 놔래이.'

'남자 쪽은 우짤래?'

'뭘 우째? 뒤에서 쑤시야지. 늘 하던 대로.'

'아 참, 아빠한테 이제 게이트 들어간다고 메시지 남겨 놔야겠다. 연락 안 하면 난리가 나신단 말이지.'

'희원이는 언제쯤 나한테 마음을 열어 주려나?'

여섯 사람이 게이트 입장을 앞두고 저마다의 생각에 빠져 있던 그때.

"……어라? 저 사람?"

뭔가를 발견한 윤희원의 눈동자가 살짝 커졌다.

"응? 왜? 뭔데?"

그녀의 얼굴을 흘낏거리고 있던 주진환의 시선이 뒤따라 움직였다.

희원은 황급히 손을 내저었다.

"아, 아니에요. 제가 아는 사람인 것 같았는데 아닌 것 같아요."

"그래? 누군데?"

"그냥 착각했어요. 신경 쓰지 마세요."

"은근히 이 바닥이 좁아서 비슷한 레벨의 헌터들은 자주 만나게 돼 있어. 다시 한번 봐."

"⋯⋯."

그러자 윤희원의 눈동자가 다시 움직였다.

주진환은 그 기회를 놓치지 않고 인파 속에서 남자 하나의 뒷모습을 잡아내는 것에 성공했다.

'저 사람인가?'

일견 차림은 평범하다.

큰 키에 셔츠 위로 다 드러날 만큼 잘 다져진 몸을 가지고 있었지만, 달랑 낡은 검 한 자루만 찼을 뿐 방어구는 없었다.

헌터들의 주목을 끌 이유가 없는 뒷모습이었다.

하지만 자세히 보고 있자니 예사롭지 않은 느낌이 풀풀 풍겨 나왔다.

⋯⋯일단 그 걸음걸이.

마치 사람이 아니라 거대한 호랑이 한 마리가 느릿하게 걷는 듯한 모양이었다.

아니, 모양이 아니라 풍기는 느낌이 그러했다.

'저게 대체 뭐지?'

게다가 조금씩 흘러나오는 기세도 예사롭지 않았다.

잘 발달된 의념을 이용해서 마력을 갈무리하고 있긴 했지만 주진환은 분명히 느낄 수 있었다.

분명 최소한 SR급 랭커였다.

어쩌면 자신 이상의 실력자일지도 모른다.

그리고 무엇보다도-.

'흔들림이 전혀 없어…….'

남자는 게이트에서 쏟아져 나오는 이질적인 마력의 흐름 앞에서도 전혀 밀리지 않고 있었다.

휘이이이이-!

최고의 베테랑들도 마력 배열과 몸의 균형이 조금씩 흐트러질 수밖에 없는 게이트 정면.

그런데도 남자는 아무렇지도 않다는 듯이 걸음을 옮겨 게이트 통제관들과 이야기를 나누는 중이었다.

주진환은 마른침을 꿀꺽 삼켰다.

'SSR급인가?'

아주 자세히 보아야만 알아챌 수 있는 힌트들이 남자의 고강한 경지를 알려오고 있었던 것이다.

하지만 바로 그때.

"쯧."

남자가 품속에서 뭔가를 꺼내서 얼굴 쪽으로 가져가더니 뒤로 돌아섰다.

'안경?'

그러자 윤희원이 반응했다.

"어, 아니네? 제가 잘못 봤어요. 다른 얼굴이에요."

"……."

윤희원은 아직 헌터 업계에 익숙하지 않았다.

그래서 남자가 방금 착용한 '완벽한 익명의 안경'에 대해서도 잘 모르는 상태였다.

'이걸 다행이라고 해야 하나?'

주진환은 속으로 한숨을 삼키며 모르는 척 돌아섰다.

어차피 저쪽도 이쪽을 인지하고도 무시하기로 한 듯하니 잘된 일이다.

'누군지는 모르겠지만 게이트 안에서 마주치는 일은 없었으면 좋겠네.'

'언뜻 봤을 땐 그 사람인 것 같았는데. 왜 그렇게 본 거지?'

주진환과 윤희원이 각기 다른 생각으로 시선을 거두었을 때.

"……저 여자를 여기서 또 만나네."

최원호는 혀를 차며 게이트 안으로 발걸음을 옮기고 있었다.

그리고 길게 늘어선 헌터들의 행렬을 앞질러서 마치 새치기 하듯이 게이트 안으로 사라져 버렸다.

'누가 이렇게 날 쳐다보는 거야?'

등 뒤에서 맹렬하게 쏟아지는 시선을 느꼈을 때, 난 게이트 통제관으로부터 묘한 이야기를 듣던 중이었다.

"아, 클로저스 클랜이십니까? 지금 바로 들어가시면 됩니다."

"······예?"

대기열을 무시하고 들어가라는 이야기였다.

헌터 자격증을 돌려받은 나는 얼빠진 표정으로 되물을 수밖에 없었다.

"새치기를 하란 말입니까?"

"그게 아니고 특별 통과입니다."

"왜요?"

그러자 통제관이 의아한 목소리로 되물었다.

"본인이 왜 모르십니까? VIP 자격이시잖습니까?"

······VIP?

무척 중요한 사람?

"제가요?"

"예."

"왜 제가 VIP죠?"

"그, 글쎄요? 그걸 저한테 물어보시면 우째 알겠습니까?"

당황했는지 사투리가 섞여 나오는 통제관.

"저희는 그냥 공문에 적힌 대로 하는 겁니다. 하하하."

"······."

하긴 그렇겠네.

나는 턱을 긁적이며 생각에 잠겼다.

'VIP 자격은 10대 클랜과 차원통제청의 협력 클랜의 수장들에게만 주어지고, 다른 사람은 잠시 대여를 받는 식으로

사용할 수 있는 건데…….'

그들 중에서 내가 클로저스 클랜의 마스터라는 사실을 알고 있는 건 무진 그룹의 올노운뿐이다.

'그럼 올노운이 조치한 건가?'

혹시나 하는 마음으로 스마트폰을 보니, 겨울공주로부터 마침 메시지가 와 있었다.

–오빠, 부산에 내려가셨다고 들었어요.

–이건 작은 선물이라고 생각하세요 :)

'그런 거였군.'

하지만 그리 개운한 느낌은 아니었다.

이건 내가 클로저스 클랜의 이름으로 활동하는 내역을 차원통제청과 무진 그룹이 공유하고 있다는 뜻이었으니까.

폭 넓은 정보력과 어디든 개입할 수 있는 권력.

어쩌면 올노운은 자신의 힘을 은근히 드러내기 위해 이런 조치를 취한 것일지도 모르겠다.

'나 참, 합동 조사단이나 잘 단속할 것이지 무슨 생각을 하고 있는 건데?'

모르겠다. 일단 완익경부터 쓰자.

"그럼 바로 들어가면 됩니까?"

"예, 안전에 유의하십쇼."

"고맙습니다."

완벽한 익명의 안경을 이용해서 얼굴을 바꾸는 것과 함께 돌아선 순간.

나는 남자들 사이에 서 있는 윤희원을 발견할 수 있었다.

"……저 여자를 여기서 또 만나네."

고만고만해 보이는 남헌터들 사이에 낀 여의사는 이쪽을 향해 실망했다는 표정을 짓고 있었다.

못 알아봤군.

다행이다.

'하마터면 걸릴 뻔했잖아.'

좀비 게이트에서의 악연이 재점화되는 것은 피하고 싶은 일이었다.

아무튼 올노운의 '작은 선물' 덕분에 VIP가 된 나는 그 대열에 설 필요가 없게 되었고……

　　-저 새낀 뭐야? 줄 안 서?

　　-우와, 말로만 듣던 VIP!

　　-저 등빨은 뭐지?

　　-광배근 오진다. 3대 몇 치려나?

　　-하악하악! 내 스타일……

'마지막은 남자였던 것 같은데.'

"……."

어쨌거나 줄을 서 있는 헌터들의 생각을 엿들으며 게이트 앞에 도달할 수 있었다.

안내를 받아서 바리케이드를 지나치자 게이트 입장을 알리는 시스템 메시지가 떠올랐다.

[안내 : C등급 게이트 '용암 거인의 섬'에 입장할 수 있습니다. 입장하겠습니까?]

뭐, 솔직히 VIP가 나쁘진 않네.
"입장."

[안내 : 어지러움에 주의하십시오.]

한차례 아득한 현기증이 나를 휘감은 다음 순간-.

[알림 : C등급 게이트 '용암 거인의 섬'에 입장했습니다.]

나는 백 개의 섬이 훤히 내려다보이는 하늘에 떠 있었다.
정확히는 아래로 떨어져 내리는 중이었다.
슈우우우우-!
귀를 스치는 바람 소리와 함께 금세 속도가 붙고, 멀리 보였던 바다와 섬들이 빠르게 가까워진다.

날개가 없는 자유 낙하.

하지만 송골매의 날개를 펼칠 필요는 없었다.

[안내 : 원하는 곳으로 안착할 수 있는 유도 착륙이 진행 중입니다.]

[정보 : 몸을 움직여 방향을 지정하세요!]

이 게이트의 시작점은 원래 이런 식이었으니까.

'오랜만이네.'

나는 스카이다이빙을 하듯이 몸의 방향을 고쳐서 미리 생각해 두었던 착륙 지점으로 날아가기 시작했다.

이 많은 섬들 사이에 숨어 있는 철만 아저씨를 찾아내기 위한 가장 빠른 루트.

'다른 헌터들처럼 발품을 팔지 않고도, 무조건 아저씨를 찾아낼 수 있는 방법.'

그 지름길은 저 바닷속 깊은 곳에 감추어져 있었다.

[안내 : 유도 착륙에 따라 착지합니다. 발목을 접지르지 않게 주의하세요!]

그런 주의는 나에게 필요하지 않았다.

난 지면이 아니라, 수면 위로 떨어져 내리는 중이었으니까.

고공에서 낙하하며 붙은 어마어마한 속도가 부드럽게 줄어들기 시작했고.

완익경을 아공간 주머니에다 던져 넣은 다음 순간-.

풍덩!

나는 섬들 사이에 펼쳐진 바다 한복판으로 빨려 들어가는 것처럼 입수했다.

그와 동시에 권능이 전개되었다.

[권능 : '늙은 바다거북의 등껍질'.]

지상에서의 기동력을 잃는 대신, 수중에서의 기동력과 강력한 방어력을 확보하는 권능.

힘은 즉시 효과를 발휘했다.

팔다리를 슬슬 움직이는 것만으로도 물보라가 일어나며 앞으로 몸이 쭉쭉 나아가기 시작한 것이다.

나는 숨을 참으며 바다 아래로 잠영했다.

가장 깊은 밑바닥을 향해서 내려가야 한다.

'……어디 있지?'

바다거북의 권능은 기동력과 방어력을 확 끌어 올려 주었지만, 여분의 호흡을 만들어 주는 것은 아니었다.

'물속에서 숨을 쉬려면 오색 잉어의 아가미를 새로 전개해야 돼.'

쓸 수 있는 권능이다.

특히 레벨 40에 도달하면서 두 개의 권능을 충분히 동시에 사용할 수 있는 상태였으니까.

게다가 바다거북과 잉어의 권능들은 궁합이 잘 맞는 힘이었기에 함께 쓰는 것이 수월한 편이었다.

'후우우우─.'

하지만 난 억지로 숨을 누르며 참아 내는 쪽을 택했다.

이 근처에서는 이따금씩 방해꾼들이 등장했기에, 전투를 대비해서 힘을 아껴 둘 필요가 있었다.

다행히 방향은 제대로 잡은 모양.

'그래, 나왔구나.'

바닷속에서 모습을 드러낸 것은 삼지창을 쥔 거인들이었다.

블루 자이언트.

거인족 중에서도 수중에서 활동하는 대형류 아인간 몬스터.

성인 남성의 서너 배는 될 듯한 거구들이 시퍼런 근육질을 자랑하고 있었다.

'쯧, 4마리는 좀 많은데.'

수면에서 멀어지면서 빛이 극단적으로 줄어든 상황.

음산한 어둠 속에서 나타난 거인들은 헌터들을 장난감처럼 가지고 놀다가 잔혹하게 뜯어먹는 것으로 악명이 높았다.

하지만 나는 해청을 뽑아 들었다.

어차피 물러날 곳도 없다.

여긴 엄폐물 하나 없는 물속인 데다 나는 슬슬 호흡이 힘들어지고 있는 상황이었다.

'해청, 최대한 빨리 처리하자.'

-응!

각만 잘 잡으면 더블 킬로 전투를 시작할 수 있다.

'가능하지?'

-**해태는 믿음과 신뢰의 상징이지!**

'호들갑은.'

해청의 자신감에는 나름의 이유가 있었다.

지난 용인 라미아 게이트에서 녀석은 레벨 4를 달성했다.

그 덕분에 새로운 권능인 '해태의 해방'을 손에 넣을 수 있었고……

우리는 D등급 게이트들을 돌아다니면서 그 기술을 이렇게 활용할 수 있다는 것을 깨달았다.

'자, 간다.'

-**가즈아아아!**

녀석의 호쾌한 외침에 나는 피식 웃으면서 검을 쥔 팔을 뒤로 당겼다.

허리부터 몸통이 한껏 돌아가고, 동시에 어깨 근육이 팽팽하게 늘어난다.

마치 마운드 위에 선 투수처럼.

디딤 발을 지지해 줄 지면이 없다는 것은 아쉽지만……

　[권능 : '씨름꾼 침팬지의 손바닥'.]

이걸로 충분하지.

인간 이상의 거력이 깃든 그 순간.

'흐읍!'

나는 어금니를 꽉 깨물며 가장 가까운 거인을 향해서 힘껏
팔을 뿌렸다.

동시에 쥐고 있던 칼자루를 미련 없이 놓아 버렸다.

그러자 물살을 가르며 날아가는 해청.

-아이 빌립 아이 캔 플라이-!

'……?'

저 옛날 팝송은 또 어디서 듣고 온 거야?

아무튼 자신의 외침대로 녀석은 물속을 비행했다.

목표는 거인의 목.

나에게 접근하는 적의 급소를 정확하게 노린 것이었다.

그러자 놈은 몸을 왼쪽으로 비틀며 칼끝을 피하려 했다.

하지만 비검(飛劍)은 놈을 놓치지 않았다.

-류우진노 켄오 쿠×에!

이번엔 철 지난 게임의 명대사냐.

아무튼 그렇게 외친 해청의 궤도는 변화를 시작했다.

검이 직접 움직이는 것이다.

마치 유도 미사일이 된 것처럼 스스로 움직이면서 거인의 목을 노린 결과.

푸슉! 퍽!

"키에에……."

"크와아아악!"

한 놈의 목이 깊숙하게 찢기고, 그 뒤에 있던 두 번째 놈은 가슴 한복판에 칼날이 박히고 말았다.

바닷속으로 붉은 피가 연막처럼 낭자하는 가운데, 나는 해청을 향해 손을 펼쳤다.

'돌아와!'

그러자 해청은 꿈틀거리며 거인의 가슴팍에서 뽑혀 나왔다.

그리고 다시 한번 휘이익 날아서 나에게 되돌아왔다.

-으아아, 마력 없어. 채워 줘!

'알았어.'

나는 손안으로 들어온 칼자루에 마력을 불어넣었다.

해청의 목소리에 다시 힘이 돌아왔다.

-피를 원한다!

이건 또 무슨 콘셉트인지.

해청이 낄낄거리는 것을 들으며 거인들 사이로 뛰어들었다.

그리고 난전을 벌이기 시작했다.

'거인들은 완력이 좋지만 민첩하진 못하지.'

무엇보다 몸뚱이가 커서 검을 찔러 넣을 곳이 참 많았다.

그러니 남은 두 놈이 쓰러지는 것은 순식간이었다.

　　[알림 : C등급 몬스터 '블루 자이언트 척후대원'을 처치했습니다.]

　　[알림 : C등급 몬스터 '블루 자이언트 방패 전사'를 처치했습니다.]

　　[……]

됐네.

─이게 자유의 맛인가? 크큭, 달콤하군.

'적당히 해, 인마.'

─……넵.

스스로 움직이는 검.

이것이 해청의 세 번째 스킬인 '해방'이었다.

마치 무협지 속에 나오는 어검술을 펼친 것처럼 혼자서도 휙휙 날아다닐 수 있게 된 것이다.

물론 그런 대단한 위력과는 거리가 있었다.

'워낙 마력을 많이 잡아먹고 움직임의 무게감이 떨어져서 단독 공격기로는 사용할 수 없지.'

하지만 지금처럼 활용하기에는 충분했다.

내 힘으로 던져 주고 경로를 수정하여 타격한 뒤, 되돌아 오는 패턴에 이용하기에는 차고도 넘치는 권능이었다.

그 덕분에 거인들은 깔끔하게 정리되었다.

'이제 조금만 더 가면 돼.'

숨이 모자라기 시작했으나 위험을 제거했으니 권능을 바꾸어 쓰면 될 일.

[권능 : '오색 잉어의 아가미'.]

"후우아―!"

나는 트인 숨을 토해 내며 아래를 향해 빠르게 헤엄쳤다.

이제는 모든 것이 암흑처럼 보이는 깊은 바닷속.

반짝, 희미한 빛이 깜빡이는 것이 보였다.

해저에 감춰진 작은 동굴, 저곳이 바로 나의 목적지였다.

'철만 아저씨의 메인 연구실.'

백여 개의 섬 중에 아저씨의 은거지가 숨겨져 있다는 이야기는 거짓 정보이자 의도적으로 투척된 미끼에 불과했다.

한국의 마이스터가 거처하고 있는 진짜 본거지는 사실 바다 밑바닥에 감추어져 있었던 것이다.

지이이이잉―!

옅은 드릴 소리가 문밖으로 흘러나오는 작업실.

손철만은 한창 작업에 열중하고 있었다.

"그 망할 할망구가 탐욕만 들어차 가지고. 쯧쯧!"

지금 만들고 있는 것은 세븐 스타즈의 일원이자 프랑스의 대표 헌터인 '나디아'가 의뢰한 특수 방어구.

어깨부터 팔목까지 감싸도록 만들어진 부분 방어구였다.

'철견'이라고 이름이 지어진 방어구는 현재 완성을 앞두고 있는 상태였다.

"……두세 시간만 더 하면 되겠어."

나디아가 온갖 골치 아픈 기능들을 요구한 탓에 거의 1년 가까이 작업해 온 것이 이제 빛을 보기 직전이었다.

"하아아."

하지만 손철만은 한숨을 내쉬며 드릴을 내려놓았다.

문득 회의감이 차오른 탓이었다.

'내가 왜 이러고 있지?'

한때 헌터였던 그가 아티팩트 제작자라는 지난한 길로 들어선 것은 딸 때문이었다.

'영하…….'

살구꽃 같은 미소를 짓던 딸아이, 손영하.

영하는 중학생이 되면서 자신을 따라 마력을 각성했고, 뛰어난 마나 통제력을 보여 주며 헌터로서의 자질을 입증했다.

손철만은 딸을 지켜 줄 아티팩트를 만들기 위해 제작자의 길로 들어섰다가 제작에 대한 재능을 발견하면서 마이스터라는 경지까지 들어섰다.

'영하에게 참 많이도 만들어 줬는데.'

소중한 딸이 다치는 것을 참을 수 없었기 때문이다.

하지만 레이드라는 것은 본질적으로 위험한 행위일 수밖에 없었다.

그렇기에 손철만은 딸에게 공무원의 길을 권했다.

자신이 아티팩트 제작자로 사는 것처럼, 차원통제청에서 근무하는 것도 헌터로서 보람이 있는 삶이 아니겠냐는 설득이었다.

그는 그날의 대화를 아직도 생생히 기억하고 있었다.

─알았어요. 아빠가 그렇게까지 말씀하신다면 공무원 시험 준비해 볼게요. 대신 빨리 합격하라고 재촉하지 않기!

─당연하지! 고맙다! 우리 딸!

'그러는 게 아니었는데…….'

시간을 돌릴 수 있다면 그 순간으로 돌아가서 자신의 입에다 쇠망치를 꽂아 넣고 싶었다.

결국 손영하는 차원통제청의 공무원으로 일하다가 차원 역류에 휘말려 순직하고 말았고…….

지금은 국립현충원에 가묘(유골이 안치되지 않은 빈 무덤)가 만들어져 있었다.

차원 역류는 딸의 시신조차 돌려주지 않았던 것이다.

하지만 사랑스러운 딸의 얼굴은 눈에 박힌 것처럼 선명하게 떠올랐다.

"크흐흐흐흐."

손철만은 헛웃음을 지으며 몸을 웅크렸다.

"이게 다 뭐라고……. 죽지 못해 살고 있구나."

동시에 머릿속으로 떠오르는 또 다른 얼굴들이 있었다.

최원호와 최신우.

부모를 여의었을 때 딸과 비슷한 또래라서 너무나 마음이 쓰였고, 결국엔 직접 거두다시피 하여 키운 옆집의 아이들이었다.

'원호와 신우라도 무사히 자라 주었다면 좋으련만.'

하지만 야속한 게이트는 그 가여운 아이들의 운명마저 무참히 망가뜨렸다.

원호가 딸과 마찬가지로 차원 역류에 휘말리고, 남은 신우마저도 마력 체계가 붕괴되어 나락으로 떨어지고 말았다.

스캐빈저 헌터가 되어 어떻게든 살아가고 있다는 이야기를 끝으로 더 이상의 소식은 전해지지 않고 있었다.

손철만은 이마를 짚으며 헛웃음을 지었다.

"흐흐흐……."

한때는 게이트를 저주했었다.

그러나 이제는 그것도 그만두었다.

작업에 몰두하고 미친 듯이 아티팩트에 대해서만 생각함으로써 현실을 잊기로 했다.

'그런데 이것도 슬슬 한계가 오는 것 같구나.'

여기까지인가? 이제 죽어야 하나?

"그래, 그게 나을지도 모르겠어."

작업대 위에 덩그러니 놓인 미완성의 철견을 바라보며 멍하니 중얼거린 말이었다.

그런데 등 뒤에서 남자의 대답이 돌아왔다.

"뭐가 낫다는 건진 모르겠지만, 그거 색깔은 좀 바꿔 주세요. 요즘 세상에 촌스럽게 은백색이 뭐예요? 무슨 원탁의 기사도 아니고."

"⋯⋯?"

손철만은 감히 돌아볼 생각도 하지 못했다. 이 해저 작업실의 존재를 알고 있는 이는 이제 세상에 다섯도 남지 않았다.

한국인 중에는 딱 한 사람, 최신우뿐이었고.

'그런데 침입자가⋯⋯?'

하지만 손철만은 마음속 깊은 곳부터 감출 수 없이 요동치는 예감을 느끼고 있었다.

강렬한 기시감.

저벅저벅.

"여긴 뭐 하나도 안 변했네. 어? 이 방패! 예전에 제가 만들어 달라고 했던 거죠? 근데 덜 만드셨네요? 와, 너무하십니다, 4년이나 흘렀는데."

젖은 몸으로 작업실 안으로 성큼 들어온 남자는 다른 누구 보다도 익숙한 목소리를 내고 있었으니까.

"너, 너……!"

손철만은 떨리는 손으로 의자를 집고 일어서다가 그만 다리에 풀리며 몸을 휘청거렸다.

그러자 남자는 움직여 잽싸게 손철만의 몸을 받아 냈다.

"운동 좀 하시고요. 남자는 하체라고 하시더니, 이게 뭐예요?"

"워……!"

가까이서 본 얼굴마저도 너무나 똑같았다.

손철만은 멍하니 중얼거렸다.

"세상에, 워, 원호……? 정말 원호가? 차원 역류에서……?"

도무지 믿을 수가 없었다.

그 귀엽고 건방진 꼬맹이는 이미 4년 전에 죽었으니까.

하지만 최원호는 그저 싱긋 웃는 것만으로 손철만의 모든 생각을 저 멀리 날려 버렸다.

"저 왔습니다, 장인어른."

다음 권으로 이어집니다

이윤규 대체역사 소설

개혁군주

조선의 황혼기를 전성기로 바꿀 전후무후한 개혁 군주가 나타났다!

교통사고를 당하고
건륭 60년의 어린 순조로 깨어난
대통령 후보 공보

6년 뒤 정조의 사망과 함께 시작된 세도정치로 인해
조선이 서서히 몰락한다는 사실을 깨달은 그는
정조를 설득해 나라를 개혁하기로 결심하는데……

정조의 건강부터 동아시아 세력 개편까지
뜯어고칠 것은 많지만, 시간은 단 6년뿐!

예정된 파멸을 뛰어넘기 위해서는 모든 것을 뒤엎어야 한다! 조선을 미래로 이끌기 위한 분투가 펼쳐진다!

꿈의 도약, 로크에서 하십시오
(주)로크미디어에서 신인 작가를 모십니다

즐거운 세상, 로크미디어는 꿈을 사랑하고 도전을 두려워하지 않는 작가 분들의 참신한 작품을 기다리고 있습니다. 21세기 장르 문학계를 이끌어 갈 차세대 선두 주자 (주)로크미디어에서 여러분의 나래를 활짝 펴 보시길 바랍니다.

모집 분야 판타지와 무협을 포함한 장르 문학
모집 대상 아마추어 작가, 인터넷 작가
모집 기한 수시 모집
　　작품 접수 시 유의 사항
　　　　1. 파일명은 작가명_작품명.hwp형식을 갖춰 주십시오.
　　　　1. 파일에 들어갈 내용은 다음과 같습니다.
　　　　　　ㅡ 성명(필명인 경우 실명을 밝혀 주세요), 연락처, 이메일 주소
　　　　　　ㅡ 제목, 기획 의도
　　　　　　ㅡ A4용지 1장 분량의 등장인물 소개
　　　　　　ㅡ A4용지 2장 분량의 전체 줄거리
　　　　　　ㅡ 본문
　　　　1. 작품이 인터넷에 연재되고 있다면, 게시판명과 사이트의 구체적이고 정확한 주소를 기재해 주십시오.

선택된 작품은 정식 계약 후 출판물로 간행되어 전국 서점에 유통됩니다.
작가 분은 (주)로크미디어의 전폭적인 지원하에 전속 작가로 활동하시게 됩니다.
※ 자세한 내용은 로크미디어 홈페이지(rokmedia.com)를 참조하세요.

(03920)서울시 마포구 성암로 330 DMC첨단산업센터 3층 318호
(주)로크미디어 편집부 신간 기획 담당자 앞
전화 : 02) 3273-5135
www.rokmedia.com　　이메일 : rokmedia@empas.com

The Final

더 파이널

유성 퓨전 판타지 장편소설

「아크」「로열 페이트」「아크 더 레전드」
작가 유성의 새로운 도전!

회귀의 굴레에 갇혀 이계로의 전이와 죽음을 반복하는 태영
계속되는 죽음에도 삶에 대한 의지를 불태우던 어느 날

갑자기 시작된 침식으로 이계와 현대가 합쳐진다!

두 세계가 합쳐진 순간,
저주 같던 회귀는 미래의 지식이 되고
쌓인 경험은 태영의 힘이 되는데……

이계의 기연을 모조리 흡수해
누구도 넘볼 수 없는 전사로 우뚝 서다!

변호사 윤진한

이해날 현대 판타지 장편소설

『어게인 마이 라이프』의 작가 이해날,
당신의 즐거움을 보장할
초특급 신작으로 돌아왔다!

아버지의 복수를 위해
악랄한 변호사가 되었으나 대기업에 처리당한 윤진한
로펌 입사 전으로 회귀하다!

죽음 끝에서 천재적인 두뇌를 얻은 그는
대기업의 후계자 경쟁을 이용해
원수들의 흔적마저 지우기로 결심하는데……

악마 같은 변호사가 그려 내는
두 번의 인생에 걸친 원수 파멸극!